나사의 회전

The Turn of the Screw

세계문학전집 122

나사의 회전

The Turn of the Screw

헨리 제임스

최경도 옮김

민음사

일러두기

1 이 책은 *The Turn of the Screw* by Henry James(W. W. Norton, 1966)를 저본으로 번역했다.

2 본문의 각주는 모두 옮긴이주이다.

차례

프롤로그

그 이야기는 난롯가에 둘러앉은 우리들의 숨을 죽이기에 충분했다. 크리스마스 전날 밤, 고가(古家)에서 나누는 등골이 오싹할 만한 괴상한 이야기가 그렇듯 그런 이야기야말로 어린 아이가 겪는 유일한 공포라고 누군가 얼핏 말할 때까지 아무도 입을 열지 못했다. 그것은 이처럼 특별한 날, 우리가 모인 고가와 흡사한 곳에 출현한 유령 이야기였다. 즉 방에서 어머니와 함께 자고 있다가 무서운 유령이 나타나자 겁에 질린 아이가 어머니를 깨웠지만, 어머니는 아이의 무서움을 가라앉혀 다시 잠들게 하지 못한 상태에서, 아이를 채 달래기도 전에 아이를 두렵게 만들었던 것과 똑같은 광경에 자신이 직면했다는 것이다. 이러한 이야기로 말미암아 더글러스로부터(당장이 아니라 저녁 늦게) 흥미로운 대답을 이끌어 냈다. 다른 누군가 신통하지 못한 이야기를 하자 더글러스가 귀담아 듣지 않고 있음을 내가 알았던 것이다. 이건 그 자신이 뭔가 말해 줄 거리가 있고, 우린 단지 기다리기만 하면 된다는 표시였다. 사실 우리는 이틀 밤을 더 기다려야 했지만, 헤어지기 바로 전날 밤 더글러스는 마음속에 묻어 두었던 말을 꺼냈다.

"난 무척이나 동의해요. 지난번 그리핀 씨가 말한 유령 이야기든 무엇이든. 그토록 여린 어린아이에게 맨 먼저 유령이 나타난 게 각별한 기미가 있다는 거 말이오. 하지만 내가 알기로 어린아이와 관련된 감칠 듯한 이야기치고 그게 처음 일어난 건 아닐 거예요. 만일 어린아이 하나가 나사를 한 번 더 죄는 효과를 낸다면, 어린아이가 둘일 경우 어떻게 되겠어요?"

"그야 물론," 누군가 소리쳤다. "두 번 죄는 거죠! 우린 그 이야기도 듣고 싶소이다."

나는 난로 앞에 있던 더글러스의 모습을 볼 수 있었다. 그는 난로에 등을 쬐려고 일어서서 두 손을 호주머니에 넣고 자기와 말한 상대를 내려다보고 있었다. "지금까지 나를 제외하고 누구도 이 얘기를 들은 적이 없어요. 정말 너무나 끔찍한 이야기인지라." 이 말을 듣고 사람들이 그 이야기를 가장 듣고 싶다고 말하자, 더글러스는 눈길을 우리에게 돌려 느긋하게 말을 계속하며 자신의 승리를 굳혔다. "그건 무엇과도 견줄 수 없어요. 내가 알고 있는 한 다른 얘기는 접근조차 못 하니까요."

"순전히 공포 때문인가요?" 내 기억으로 내가 그렇게 물은 것 같았다.

더글러스는 사건이 그처럼 단순하지 않아 어떻게 표현해야 할지 정말 난처해하는 기색이었다. 그는 손으로 눈을 쓰다듬다가 주춤하며 얼굴을 약간 찌푸렸다. "무섭기 때문이죠. 여부가 없어요!"

"어머, 멋진데요!" 부인 가운데 한 사람이 외쳤다.

더글러스는 그 부인을 눈여겨보지 않고 나를 바라보았지만, 나보다는 자신이 했던 말을 되새기는 듯했다. "전체적으로 말한다면 기괴하고 흉측스럽고, 공포와 고통을 주지요."

"글쎄요, 그렇다면 곧장 자리에 앉아 얘기를 시작합시다." 내가 말했다.

더글러스는 난로로 몸을 돌려 발로 장작을 차며 잠시 난롯불을 지켜보았다. 그런 다음 다시 우리와 마주했다. "지금 시작할 순 없어요. 시내로 심부름을 보내야 하니까요." 이 말에 신음 소리와 원망이 쏟아지자 더글러스는 잠시 생각에 몰두하다 설명을 했다. "그 얘기는 글로 남겨져 있어요. 자물쇠를 채운 서랍 속에 넣어져 몇 해 동안 바깥으로 나온 적이 없거든요. 내가 하인에게 편지를 써 열쇠를 동봉하면, 그 사람이 꾸러미를 찾는 대로 보낼 거예요." 더글러스는 나를 염두에 두고 말을 하는 듯했다. 자신이 주저하지 않도록 도와주기를 바라는 눈치였다. 그는 몇 번의 겨울을 보내며 형성된 두꺼운 침묵의 얼음을 깨뜨렸고, 그 오랜 침묵에는 나름대로 이유가 있었다. 다른 사람들은 모두 이야기가 연기된 데 원성을 보냈지만, 나는 그의 머뭇거리는 태도에 매료되었다. 나는 가급적 빨리 이야기를 들을 수 있도록 첫 우편으로 편지를 보내자고 간청했다. 그러고 나서 그 이야기가 더글러스 자신의 체험인지 묻자 그는 내 말이 끝나기가 무섭게 대답했다. "이런, 정말이지, 그건 아니에요!"

"그렇다면 그 기록이 당신 건가요? 당신이 그걸 기록했을까요?"

"단지 인상일 뿐이죠. 그걸 여기 간직하고 있으니까요." 그는 자신의 가슴을 가볍게 두드렸다. "그걸 절대로 분실하진 않았답니다."

"그럼 당신이 가진 원고는?"

"낡고 희미한 잉크로 쓰였어요. 필체는 정말 아름다웠죠." 그는 다시 머뭇거렸다. "여인의 필체랍니다. 죽은 지 이십여 년이 되었어요. 그 여자는 죽기 전에 문제의 내용을 내게 보냈어요." 이제 모두들 귀를 기울이고 있었다. 물론 짓궂게 굴거나 추론 따위를 하는 사람도 있었다. 하지만 더글러스는 그런 추론을 비웃지 않고 가볍게 받아넘기며, 짜증을 내지도 않았다. "그 여자는 무척 매력 있는 인물이었어요. 하지만 나보다 열 살이나 위였고, 내 누이의 가정 교사였답니다." 그는 나직이 말했다. "내가 여태 알았던 가정 교사라는 직업을 가진 여자 가운데 가장 마음에 드는 사람이었죠. 어떤 일도 능히 감당했을 테니까요. 오래전 일이었고, 지금 하려는 얘기는 그보다 더욱 오래되었어요. 나는 트리니티 대학교[1]에 다녔어요. 두 번째 여름방학에 집에 내려와 보니 그 여자가 있더군요. 그해 나

1) 영국 케임브리지 대학교에 소속된 단과 대학.

는 오랫동안 집에 머물렀어요. 아름다운 여름이었죠. 그 여자가 일을 마치면 우리는 정원을 산책하며 이야기를 나누었답니다. 대화를 해 보면 그 여잔 정말 영리하고 산뜻한 인상을 주었어요. 여부가 없죠. 비웃진 마세요. 난 그 여자를 너무나 좋아했고, 그녀도 나를 좋아했다는 걸 생각하면 지금도 흐뭇한 걸요. 그 여자가 나를 좋아하지 않았더라면 얘기를 하지도 않았을 거예요. 누구에게도 얘기한 적이 없으니까요. 그 여자가 그렇게 말한 건 아니지만 그러지 않았다는 것은 확실해요, 난 알 수 있거든요. 내 얘기를 들어 보면 여러분도 쉽게 이유를 알 수 있을 거예요."

"그 사건이 너무나 무섭기 때문이오?"

더글러스는 물끄러미 나를 응시했다. "쉽게 알 수 있을 거예요." 그는 말을 되풀이했다. "당신이라면."

나도 그를 응시했다. "알겠소. 그 여자가 사랑에 빠졌군요."

그는 처음으로 웃음을 지었다. "당신은 예리하군요. 네, 그래요. 말하자면 그 여자가 사랑에 빠졌던 거죠. 그건 저절로 드러났어요. 그렇지 않고선 스스로 얘기할 수 없었겠죠. 난 그걸 알았고, 내가 안다는 걸 그 여자도 알았어요. 하지만 어느 편에서도 그걸 말하진 않았답니다. 나는 지금도 그 시간과 장소를 기억하고 있어요. 잔디밭 모퉁이와 넓은 밤나무 그늘, 길고 무더운 여름날 오후……. 그곳은 몸을 떨게 할 장소는 아니었답니다. 하지만, 아!" 더글러스는 난롯가를 떠나 자신의 의자에 털썩 앉았다.

"목요일 아침에는 그 꾸러미를 받게 되겠죠?" 나는 물었다.

"아마 두 번째 우편물이 올 때까지 어려울 거예요."

"좋소, 그렇다면 식사 후에……."

"여러분 모두가 여기서 나를 기다리겠다는 건가요?" 더글러스는 다시 우리를 둘러보았다. "아무도 가지 않겠다는 건가요?" 그건 희망에 가까운 어조였다.

"다들 남아 있겠어요!"

"저도 그래요. 그렇고말고요!" 이미 떠나기로 작정했던 부인들이 소리쳤다. 하지만 그리핀 부인은 약간의 암시가 필요하다고 말했다. "그 여자가 사랑에 빠진 사람이 누구였나요?"

"얘기를 들으면 알겠죠." 내가 대답을 가로막으며 말했다.

"어머, 궁금해서 견딜 수 없네요!"

"얘기 속엔 나타나지 않을 거예요." 더글러스가 말했다. "고지식하고 천박한 양상으로는 말이오."

"그렇다면 더욱더 유감스럽네요. 달리 알 수 있는 방법이 없으니 말이에요."

"당신이 말해 줄 수 없겠소, 더글러스?" 누군가 물었다.

더글러스가 다시 벌떡 일어났다. "네, 내일 하죠. 이제 잠자리에 들어야 하니까요. 편히 주무세요." 그런 다음 그는 급히 촛대를 집어 들고 다소 어리둥절해진 우리를 뒤에 남긴 채 가 버렸다. 커다란 갈색 복도에서 계단을 올라가는 그의 발소리가 들렸다. 그리핀 부인이 비로소 입을 열었다. "글쎄, 그 여자가 누구와 사랑에 빠진지는 모르지만 전 그 상대가 누군지 짐작하겠어요."

"그 여자가 열 살 위라고 했잖소." 그녀의 남편이 말했다.

“더욱 그럴듯한 이유로군요. 그 나이에! 하지만 그 사람이 오랫동안 침묵을 지켜왔던 건 그래도 놀라워요.”

“사십 년이나!” 그리핀이 참견했다.

“마침내 이렇게 침묵을 깨뜨리는군요.”

“그렇다면 목요일 밤은 엄청난 향연이 되겠죠.” 나는 대꾸했다. 그러고 나서 모든 사람들이 나의 생각에 동조했으므로, 우리는 다른 일에는 아예 관심을 잃어버렸다. 비록 연재물의 시작에 불과할 만큼 충분하지 못했지만, 그날 저녁 마지막 이야기를 끝으로 우린 악수를 나누며 누군가 말했듯이 ‘촛대를 집어 들고’ 잠자리로 갔다.

다음 날 나는 열쇠가 동봉된 편지가 첫 우편으로 런던의 아파트로 우송된 걸 알았다. 하지만 이런 사실을 알게 되었음에도 불구하고(아니면 바로 그 때문인지 몰라도) 사실 우리는 희망과 직결된 정서에 가장 잘 어울릴 시간인 저녁 무렵, 식사가 끝날 때까지 더글러스를 내버려 두었다. 그러자 더글러스는 우리의 기대에 부응하여 속마음을 털어놓으며 그렇게 된 이유를 소상히 설명했다. 우리는 전날 밤 가벼운 경이감을 느꼈을 때처럼 다시 큰 방의 난로 앞에서 그의 이야기에 귀를 기울였다. 더글러스가 우리에게 읽어 주기로 했던 이야기를 제대로 이해하려면 몇 마디 서론이 필요하다. 간단히 말해 지금부터 하게 될 이야기는 훨씬 시간이 흐른 다음, 내가 만든 정확한 복사본에서 왔다는 사실을 여기서 분명히 밝혀야겠다. 가엾은 더글러스는 죽음이 임박하자 내게 그 원고를 맡겼던 것이다. 아무튼 사흘째 되던 날 더글러스에게 원고가 도착했고, 그는 다음 날 밤 같은 장소에서 고요히 숨을 죽인 우리 작은 무리에게 굉장한 감흥을 일으키며 내용을 읽어 주기 시작했다. 남아 있겠노라고 했던 부인들은 고맙게도 머물지 않았다. 이들은 자신들이 고백했듯, 더글러스가 기막히게 자극시켜 잔뜩 호기심에 부풀어 있었지만, 선약이 있어서 자리를 떠버렸다. 하지만 그건 최후까지 남은 약간의 청중을 더욱 조촐하게 선별하는 결과를 가져왔고, 이들로 하여금 난롯가에 둘러앉아 전율을 맛보게 했다.

여기서 더글러스가 발휘한 첫 번째 솜씨는 그 이야기가 어느 정도 진행된 다음, 원고에 담긴 내용으로 이어졌다는 점이다. 그래서 미리 알아두어야 할 사실은, 어느 가난한 시골 목사의 막내딸이었던 더글러스의 옛 친구가 스무 살 나이에 처음으로 가정 교사라는 직무에 응하기 위해 불안한 마음으로 런던에 올라왔다는 것이다. 그녀는 광고를 낸 인물과 이미 짤막한 서신으로 접촉했으며, 그 광고에 직접 응답을 하기 위해 런던으로 왔다. 거대하고 위엄 있어 보이는 할리가(街)의 저택에서 그녀는 광고를 낸 남자에게 자신을 소개했다. 미래의 후원자인 이 남자는 신사인 데다 한창 나이의 독신자였고, 햄프셔 지역[2]의 목사관을 갓 빠져나와 긴장되고 초조했던 여자의 눈엔 꿈에서나 옛날 소설에서가 아니라면 결코 나타나지 않을 사람으로 보였다. 이런 인물은 쉽사리 규정할 수 있지만, 다행히 결코 잊히지 않을 유형이었다. 그는 미남에다 용감하

2) 영국 남부 해안의 주.

고 기분 좋은 인물이었으며, 민첩하고 쾌활하며 상냥하였다. 그 남자는 여지없이 당당하고 화려한 인상을 주었지만, 무엇보다 가정 교사의 마음을 사로잡고 나중에 그녀가 용기를 발휘할 수 있게 만든 건, 그가 일종의 호의이자 스스로 감사히 직면할 의무로써 모든 일을 그녀에게 맡겼다는 점이었다. 가정 교사는 이 남자가 부유하면서도 꽤나 현란하다고 느꼈다. 그는 고급 유행을 추구하는 데다, 여성을 끄는 수려한 외모와 사치스러운 습관을 모조리 갖춘 돋보이는 존재였던 것이다. 그가 살고 있던 거대한 집은 여행에서 수집한 물건과 사냥에서 얻은 박제로 채워져 있었다. 하지만 그 남자가 가정 교사로 하여금 당장 가 주길 바라던 곳은 집안의 오래된 거처인 에섹스[3]의 시골집이었다.

그 남자는 군인이었던 동생이 두 해 전에 아내와 함께 인도에서 사망하는 바람에 어린 조카 남매의 보호자가 되었다. 그런 처지의 남자(적당한 체험이라든가 인내심이라곤 한 치도 없는 독신자)에게 닥친 괴상하기 짝이 없는 우연으로 말미암아 아이들은 매우 무거운 짐이 되었다. 이것은 그야말로 엄청난 걱정거리이자 스스로도 의심할 나위 없이 실수의 연속이었지만, 그는 곧 가엾은 아이들을 측은히 여기고 자신이 할 수 있는 데까지 힘을 기울이기로 마음먹었다. 그는 특히 아이들에게 시골이 좋다고 여겨, 적절한 장소인 자신의 시골집으로 아이들을 내려 보내 처음부터 가장 적합한 사람들을 물색하여 돌

3) 영국 동남부의 주.

보게 했다. 심지어 자신의 하인들마저 아이들 시중을 들도록 떼어 주고, 틈이 나면 직접 내려가 어떻게 지내는지 살펴보았다. 곤란한 점은 아이들에게 다른 친척이 아무도 없다는 것과 그가 자신의 일에 모든 시간을 할애해야 한다는 사실이었다. 그는 건강에 좋고 안전한 블라이의 시골 저택을 아이들이 전적으로 사용하도록 하는 한편, 그 조촐한 살림의 책임자로(단지 하인들 사이에서만) 그로스 부인이라는 점잖은 여자를 앉혀 놓았다. 그는 과거 자기 어머니의 하녀였던 이 부인을 가정 교사가 좋아할 거라고 확신했다. 그녀는 집안일을 돌보며 당분간 작은 여자아이를 보살피는 역할도 했는데, 다행히 자식이 없던 터라 이 여자아이를 무척 좋아하였다. 이 밖에도 도와줄 사람들이 많았지만, 가정 교사로 내려가야 할 젊은 여자가 당연히 최고 권위를 갖게끔 되었다. 가정 교사는 방학이면 한 학기 동안 학교에 가 있던 작은 사내아이를 돌봐야 하는데(비록 멀리 떨어져 있기엔 아이의 나이가 아직 어렸지만 달리 무슨 방법을 취할 수 있겠는가.) 그 아이는 방학이 곧 시작되는지라 조만간 집으로 돌아올 예정이었다. 애초에 두 아이를 위해 젊은 여자가 있었지만 불행히도 세상을 떠나고 말았다. 그 여자는 죽기 전까지 아이들에게 참으로 훌륭하게 처신했고, 정말 예의 바른 인물이었다. 그녀의 죽음으로 매우 곤란한 상황이 야기되면서 어린 마일스에게 학교에 가는 것 외에 다른 대안이라곤 없었다. 그로스 부인은 그때 이후 마일스의 여동생인 플로라에게 예절이나 다른 방면에서 자신이 할 수 있는 데까지 힘을 기울여 가르쳤다. 그 밖에도 요리사, 가정부, 우유 짜는 여자,

늙은 망아지, 나이 든 마부, 정원사 등이 있었고, 이들은 한결같이 자신의 직분에 충실하였다.

더글러스가 여기까지 이야기를 하자 누군가 질문을 던졌다. "그럼 이전의 가정 교사는 무엇 때문에 죽었나요? 예의범절이 지나쳤기 때문인가요?"

더글러스는 즉시 대답했다. "어차피 알게 될 테니까 미리 말하진 않겠어요."

"실례지만 난 당신이 바로 그렇게 할 거라고 생각했어요."

"이전에 있었던 여자의 후임자라면," 내가 넌지시 말했다. "그 직책에 수반되는 일이 뭔지 당연히 알고 싶어 했을 텐데요."

"생명이 위태로울 수 있다는 말인가요?" 더글러스가 내 생각을 말로 표현했다. "가정 교사는 알고 싶어 했고, 또한 알게 되었어요. 무엇을 알게 되었는지는 내일 듣게 될 겁니다. 물론 이와 더불어 그 여자에게 앞날은 다소 음울하게 느껴졌어요. 젊고 경험도 없는 데다 신경질적이었거든요. 책임이 막중하고 말을 나눌 사람도 적고, 실로 엄청나게 외로울 거라는 상상이 들었죠. 그 여자는 망설이며 이틀 동안 의논하고 심사숙고했죠. 그러나 제시된 봉급이 그 여자의 신중한 예상을 넘어서자 두 번째 면담에서 어려운 일을 자청하고 계약을 했어요." 이 말을 하고 더글러스가 잠시 입을 다물자 나는 자리에 모인 사람들을 위해 한마디 던졌다.

"물론 이야기의 요점은 수려한 모습의 젊은 남자가 발휘한 유혹에 가정 교사가 굴복했다는 거겠죠."

더글러스는 자리에서 일어나 전날 밤처럼 난롯가로 가더니 발로 장작을 가볍게 휘젓고 우리에게 등을 돌린 채 가만히 서 있었다. "그 여자는 그 남자를 두 번밖에 만나지 못했어요."

"그래요, 하지만 그게 바로 열정의 매력이에요."

이 말을 듣자 다소 놀랍게도 더글러스가 내게 몸을 돌렸다. "그건 사실이오." 그가 말을 이었다. "사실 그 남자의 유혹에 굴복하지 않은 사람들도 있었어요. 그는 가정 교사에게 여러 명의 지원자가 자신이 제시한 조건을 받아들이지 않았다고 자신의 어려움을 모두 털어놓았어요. 어쨌든 그들은 겁을 먹었던 거예요. 그 일이 따분하고 괴상하게 들렸는데 그가 내세운 주요 조건 때문에 더욱 그렇게 보였죠."

"그게 뭔데요?"

"절대로 자기를 성가시게 하지 말라는 거죠. 이건 절대 조건이었어요. 어려움을 호소하지도 불평하지도 말고, 어떤 일에 대해서든 편지도 안 된다는 거였죠. 모든 문제는 단지 혼자 해결하고, 돈은 모두 그의 변호사한테서 받으며, 모든 일을 떠맡고 자기를 내버려 두어 달라는 거였어요. 가정 교사는 그렇게 하겠다고 약속했어요. 그러자 무거운 짐을 벗어 기쁜 나머지 남자가 잠시 그 여자의 손을 잡고 희생에 감사했고, 그 여자는 보상받은 듯한 느낌이 들었다고 하더군요."

"하지만 그게 보상의 전부였나요?" 남아 있던 부인 가운데 한 사람이 물었다.

"그 여자는 두 번 다시 그 남자를 만나지 못했답니다."

"어머나!" 부인이 응답했다. 더글러스가 즉각 자리를 떠났기 때문에, 다음 날 밤 난로 구석 옆 가장 멋진 의자에 앉은 더글러스가 금빛 테두리를 두른 얇은 구식 앨범의 빛바랜 붉은 표지를 펼칠 때까지, 부인의 탄성이 이야기에 흥을 돋운 단 하나의 중요 어휘가 되어 버렸다. 사실 전체 이야기는 하룻밤에 끝날 수 없었지만, 이야기를 펼친 순간 조금 전 탄성을 지른 부인이 다른 질문을 던졌다. "이야기 제목이 뭔데요?"

"제목 따위는 없어요."

"그럼 내가 붙이겠소!" 내가 말했다. 그러나 더글러스는 내게 관심을 두지 않고, 글을 쓴 여자의 아름다운 필체를 청각으로 옮겨 놓은 듯한 낭랑한 목소리로 내용을 읽기 시작했다.

1장

기억하자면 시작 전체가 잇따른 흥분과 낙담으로 가슴이 마구 두근거리는 작은 시소게임이었다. 나는 런던에서 그 남자의 조건을 받아들인 다음 이틀 동안 지독한 시간을 보냈다. 거듭 의구심이 들어 내가 잘못을 범했다는 확신마저 들었다. 나는 이런 상태로 오랜 시간 흔들거리는 사륜마차를 타고 갔다. 그 사륜마차는 블라이의 저택에서 보낸 마차와 만나기로 한 정거장까지 나를 태워다 주었다. 이러한 편리는 이미 지시한 바에 따른 것이었다는데, 6월의 오후가 끝나갈 무렵 나는 거대한 유람용 마차가 나를 기다리고 있음을 발견했다. 아름다운 날, 그런 시간에 시골 길을 따라 여름 향기가 나를 다정히 환영해 주는 듯한 곳을 마차를 타고 달리니 새로이 용기가 솟구쳤다. 우리가 집으로 가는 큰길로 들어설 때 나의 용기가 잠시 주춤했던 건, 그 이전에 이미 용기가 가라앉아 버렸다는 증거에 지나지 않으리라. 뭔가 음울한 것을 기대하며 두려워한 나를 맞이한 것은 기분 좋은 놀라움이었다. 가장 유쾌한 인상은 넓고 깨끗한 저택의 입구, 열린 창문, 산뜻한 커튼, 그리고 밖을 내다보는 두 명의 하녀 모습이라고 기억된다. 더욱이 나는 잔디밭과 찬란한 꽃 무더기, 자갈 위를 구르는 삐거덕거리는 마차 바퀴 소리와 무성한 나무 꼭대기에 까마귀 떼가 모여 황금빛 하늘 아래 까악거리던 모습도 기억한다. 그 광경에는 내가 살았던 초라한 집과는 다른 웅장함이 있었다. 그러자 마치 내가 그 저택의 주인마님이거나 지체 높은 방문객이라도 되는 양, 어떤 사람이 조그만 계집아이의 손을 잡고 금방 문 앞에 나타나서는 내게 깍듯이 인사를 했다. 나는 할리가에서 이곳에 대해 보다 편파적인 인상을 받았던 것이다. 돌이켜 보면 이로 인해 나는 이 저택의 주인을 좀 더 신사다운 인물로 생각하게 되었고, 내가 앞으로 즐겨야 할 일이 그의 약속 이상일지도 모른다고 생각했다.

다음 날까지 나는 전혀 낙담하지 않았다. 왜냐하면 내가 맡을 두 아이 가운데 나이가 어린 학생을 소개받고 내내 기분이 우쭐해졌기 때문이다. 그로스 부인을 따라온 어린 소녀는 당장 그 아이와 관계를 맺는다는 것이 커다란 행운으로 여겨질 만큼 참으로 매력 있게 보였다. 그 소녀는 내가 지금껏 보아 왔던 아이들 가운데 가장 예뻤기 때문에, 나중에는 내 주인이 이 아이에 대하여 좀 더 말하지 않았다는 점이 의아스러울 정도였다. 나는 너무나 흥분해서 그날 밤 거의 눈을 붙이지 못했다. 이런 나 자신이 놀라웠고, 그날의 흥분은 내가 후한 대접을 받고 있다는 느낌을 더하였다. 이 저택에서 가장 좋은 방 가운데 하나인 넓고 인상적인 침실과 무척이나 훌륭한 침대(그 감촉을 느껴보기까지 했다.)와 무늬를 넣은 찬란한 휘장과 머리끝부터 발끝까지 나 자신의 모습을 처음으로 볼 수 있었던 긴 거울 등, 이 모두는 내가 맡은 어린아이의 놀라운 매력처럼 수많은 것을 한데 모아 놓은 듯한 느낌을 주었다. 이곳에 오는 도중, 마차 안에서 곰곰이 생각하며 걱정했던 그로스 부인과의 관계에서도 내가 잘 처신하리란 생각이 첫 순간부터 들었다. 이 같은 초기 예상에서 나를 다시 움츠리게 할지도 모를 단 한 가지는 실로 나를 보고 무척 기뻐하는 그로스 부인의 태도였다. 그로스 부인은 몸집이 통통하고 단순하며 소박하고도 깔끔하며 건강한 여자였다. 나는 반 시간도 못 되어 부인이 반가운 마음을 너무 내색하지 않도록 경계하면서 기뻐하고 있음을 알아챘다. 심지어 그때에도 나는 부인이 기쁨을 드러내지 말아야 할 이유가 뭔지 다소 궁금했다. 그렇게 의심을 품고 생각하니 응당 그 이유가 나를 불편하게 했을 법했다.

그러나 나의 귀여운 아가씨의 빛나는 인상만큼 아름다운 거라면, 무슨 관계를 맺든 불편함 따위란 있을 수 없다는 생각에 안도했다. 그 아이의 천사 같은 아름다움이 준 환상은 무엇보다 들뜬 내 기분과 연관되리라. 그런 기분 때문에 나는 날이 새기 전 여러 차례 자리에서 일어나 내 방을 서성거리며 모든 경치와 전망을 한눈에 담고, 열린 창문으로 어스름한 여름 새벽을 지켜보며 내가 볼 수 있는 데까지 저택의 나머지 부분을 살펴보았다. 그러고 나서 어슴푸레한 어둠 속에서 첫 새들이 지저귀기 시작할 무렵 어떤 소리가 반복해서 들려왔고, 나는 그게 무슨 소리인지 알아보려고 귀를 기울였다. 내가 들었다고 생각했던 소리는 자연에서 나온 것도, 외부에서 들려온 것도 아닌 단지 나의 내부에서 울려온 소리였다. 어느 순간, 나는 멀리서 아련히 어린아이의 울음소리를 들은 것 같았고, 다음 순간에는 문 앞에서 가벼운 발소리를 들은 듯 놀라기도 했다. 그러나 이러한 환상은 뇌리에서 떨쳐 버려야 할 만큼 뚜렷하지 않았고, 지금 회상되는 건 그 후에 일어난 다른 일들에 비추어 밝음이라기보다 어둠에 적합하다고 표현해야 하리라. 귀여운 플로라를 지켜보고 가르치며 '사람으로 만드는' 일이 행복하고도 유용한 삶을 이루게 될 것이라는 건 너무나 분명했다. 이러한 첫 대면 이후 나는 응당 밤에 플로라를 돌보기로 하였고, 그런 의도로 이미 내 방에 작고 하얀 침대를 마련해야겠다고 그로스 부인과 아래층에서 합의했다. 내 임무는 플로라를 전적으로 돌보는 것이었지만, 내가 낯설다는 점과 그 아이의 타고난 소심함을 고려하여 어쩔 도리 없이 그날 밤만큼만은 그로스 부인과 지내도록 하였다. 나는 그 아이가 이러한 소심함에도 불구하고 금방 나를 좋아하리라고 분명히 느꼈다. 그 아이는 참으로 기묘하게도 비길 데 없이 솔직하고 대담했다. 마치 라파엘로[4]가 그린 아기 예수 그림 가운

4) 르네상스 시대의 이탈리아 화가.

데 하나처럼 너무나 깊고 달콤한 평온함을 지닌 나머지, 자신의 소심함을 두고 남들이 험담을 해도 자기 탓으로 돌린 다음 판단은 우리에게 맡겼다. 나는 그로스 부인에게 벌써 호감을 갖게 되었는데, 그 이유는 턱받이를 한 나의 학생이 네 자루의 높다란 촛불을 켜 놓은 높다란 식탁 의자에 앉아 빵과 우유를 앞에 두고 촛불 사이로 환하게 나와 마주 보는 가운데, 그곳에 앉아 감탄하고 놀라는 나의 모습을 부인이 느끼고 있음을 눈치챌 수 있다는 즐거움 때문이었다. 플로라의 존재로 말미암아 우리 사이에는 자연스럽게도 놀랍고 기쁨에 충만한 표정과 애매하면서도 완곡한 표현만이 통용될 수 있는 일들이 생겼다.

"그런데 사내아이도 여동생과 닮았어요? 그 애도 무척이나 남다른가요?"

어린아이를 추켜세울 수가 없지 않겠는가. "선생님, 누구와도 비교할 순 없어요. 선생님이 이 아이를 좋게 생각하신다면 말이에요!" 그러고 나서 부인은 한 손에 접시를 들고 서서, 우리를 가로막을 어떤 표정도 띠지 않고 차분하고 아름다운 눈으로 우리를 번갈아 보는 플로라에게 환한 미소를 지었다.

"그럼요. 내가 그렇게 생각한다면……?"

"선생님은 꼬마 신사에게 매혹당할 거예요!"

"글쎄요, 생각해 보니 내가 온 이유가 바로 그것이군요. 매혹을 당하려고. 하지만 걱정스러운 건," 나는 말을 덧붙이고 싶은 충동을 느꼈다고 기억한다. "난 좀 쉽게 매혹당하는 편인걸요. 런던에서도 그랬고!"

나는 이 말을 받아들이는 그로스 부인의 넉넉한 얼굴을 아직도 그려볼 수 있다. "할리가에서요?"

"그럼요."

"그렇다면 선생님은 처음이 아니고, 마지막도 아닐 거예요."

"어머, 나만 그렇다고 자처할 순 없어요." 나는 웃음을 지을 수 있었다. "아무튼 내가 맡을 다른 학생이 내일 돌아오기로 되어 있죠?"

"내일이 아니고 금요일이랍니다. 선생님처럼 안내자의 보호를 받아 사륜마차로 도착하죠. 선생님이 탄 것과 똑같은 마차를 보내기로 되어 있어요."

그래서 나는 마차가 도착할 때, 그 아이의 누이동생을 데리고 가서 기다리고 있는 편이 타당하면서도 유쾌하고 다감한 일이 될 거라고 당장 말했다. 그로스 부인도 이 생각에 진심으로 동조했다. 아무튼 나는 그녀의 태도를 매번 문제에 부딪칠 때마다 우리의 마음이 합치되어야 할 유쾌한 서약(고맙게도 그건 단 한 차례도 저버려지지 않았다.)으로 받아들였다. 내가 그곳에 있다는 사실이 부인에게 다행이 아니었던가!

생각해 보니까 다음 날 내 기분의 변화는 도착하던 날의 흥겨움 때문에 생긴 마음의 반동이라고 불릴 정도는 아니었다. 그건 기껏해야 내가 새로운 환경을 돌아보고, 그것을 눈여겨보며 받아들이는 가운데 보다 충실히 그 규모를 측정한 데서 나온 약간의 압박감에 불과할지 모른다. 말하자면 그 크기와 부피에 대응할 준비가 되지 않았던 환경 앞에서 나 스스로 조금의 두려움은 물론, 약간의 자부심을 새로이 갖게 되었던 것이다. 이러한 흥분으로 당연히 공부가 다소 지연되었다. 나의 첫 번째 임무는 내가 발휘할 수 있는 가장 부드러운 솜씨로 아이가 나를 알 수 있게 하는 것이었다. 그날은 플로라와 하루 종일 바깥에서 보냈다. 나는 아이가 만족할 수 있도록 플로라 혼자서 이곳을 안내하도록 했다. 그 아이는 차근차근 이 방 저 방을 돌면서 하나씩 비밀을 풀며 안내해 주었고, 그곳에 대하여 익살스럽고 유쾌하고 천진난만한 이야기를 했던 탓에 반 시간이 지난 후 우리는 절친한 친구가 되어 버렸다. 비록 플로라가 어리기는 했지만, 우리의 작은 여정을 통하여 나는 그 아이의 자신감과 용기에 깊은 인상을 받았다. 아이는 텅 빈 방과 어두운 복도에서, 나의 발걸음을 멈추게 한 뒤틀린 계단과 현기증 나게 만든 총안(銃眼)이 설치된 낡은 사각형 탑의 꼭대기에서조차 내가 묻지도 않은 많은 일들을 말하는 기질을 가졌고, 그 아이가 흥얼거리는 아침 노래가 울려 퍼져 나의 발걸음을 재촉한 것도 인상적이었다. 나는 블라이의 저택을 떠난 이후 다시 그곳을 찾지 못했다. 그리고 나이가 들어 세상물정에 더욱 밝아진 지금의 눈으로 본다면 그곳이 옹색하게 보일 거라고 말하련다. 하지만 금발 머리에다 푸른 드레스를 입은, 나의 귀여운 안내자가 모퉁이를 돌며 경쾌한 걸음으로 통로를 토닥거리며 달리자, 나는 장밋빛 요정이 사는 낭만적인 성을 보는 듯했다. 그곳은 어린아이의 마음을 사로잡는 이야기책이나 동화에 나올 법한 온갖 색상을 내뿜고 있었다. 그렇다면 그곳은 내가 읽다 꾸벅거리며 잠에 빠져 버린 이야기책에 불과하지 않은가? 아니, 그곳은 반쯤 교체되고 반쯤 활용되는, 훨씬 더 오래된 건물의 특징을 구체화하는 크고 추하고 낡긴 했지만 편리한 집이었다. 그 속에서 나는 우리가 커다란 표류선에 갇힌 몇몇 승객들이라는 상상을 했다. 그렇다면 이상스럽게도 나는 그 배에서 총지휘를 맡은 키잡이가 된 셈이 아닌가!

2장

이런 생각은 이틀 후 내가 그로스 부인의 표현처럼 꼬마 신사를 만나려고 플로라와 함께 마차를 몰고 갔을 때 확실해졌다. 그리고 그 생각은 다음 날 저녁 내 마음을 깊숙이 흔든 사건으로 더욱 강해졌다. 첫날은 대체로 내가 표현한 대로 마음이 든든했지만, 그날 저녁은 예민한 걱정거리로 마무리되었다. 그날 저녁에 늦게 도착한 우편물 꾸러미에는 내 앞으로 온 편지 한 통이 있었다. 거기엔 내 주인의 필체로 단지 몇 마디만 적혀 있었고, 다른 사람이 주인에게 보낸 편지가 아직 개봉되지 않은 채 동봉되어 있었다. "이건 학교 교장이 보낸 거라 생각되오. 교장은 진저리 나는 사람이니까 이 편지를 읽고 처리해 주시오. 하지만 절대로 내게 보고하진 마시오. 한마디라도. 이상!" 나는 힘을 다해 봉인을 뜯었다. 그 일은 한참이나 걸려,

결국 개봉하지 못한 편지를 내 방으로 가져가 잠자리에 들기 직전까지 그것과 씨름해야 했다. 그 일은 다음 날 아침까지 내버려 두는 편이 좋았을지 모른다. 왜냐하면 그 때문에 두 번째 밤을 뜬눈으로 새웠기 때문이다. 다음 날 상의해 볼 사람조차 없어, 내 마음은 괴로움으로 가득 찼다. 그러자 마침내 괴로움에 압도되어 적어도 그로스 부인에게만 마음을 털어놓기로 작정했다.

"이게 무슨 뜻이죠? 아이가 학교에서 나왔다는 내용이."

부인은 이 순간 내가 알아차릴 만한 표정을 지었다가, 금방 무표정한 얼굴로 안색을 바꾸려는 모습이 역력했다. "하지만 학생들은 모두 다……."

"집으로 간다고요, 그럼요. 하지만 방학 동안만 그렇죠. 마일스는 절대로 학교로 돌아갈 수 없을 텐데요."

내 시선을 받고 그로스 부인이 의식적으로 얼굴을 붉혔다. "그 사람들이 안 받겠다는 거예요?"

"단연코 거부했어요."

이 말을 듣고 부인은 나한테 돌렸던 눈길을 위로 올렸다. 나는 그녀의 두 눈에 눈물이 함박 고여 있는 것을 보았다. "무슨 잘못을 저질렀나요?"

나는 주저하다 부인에게 편지를 그냥 넘기는 편이 최상이라고 판단했다. 하지만 부인은 편지를 받지 않고, 두 손을 등 뒤로 뺄 뿐이었다. 부인은 슬픈 듯이 고개를 흔들었다. "그런 일은 제가 할 게 아니랍니다, 선생님."

나의 상담역은 글을 읽을 줄 몰랐던 것이다! 나는 자신의 실수에 몸을 멈칫하며, 가급적 실수를 만회하려고 다시 편지를 펴 그녀에게 내용을 읽어 주려고 했다. 그러나 망설이다 다시 편지를 접어 호주머니에 도로 넣었다. "마일스가 정말 나쁜 앤가요?"

부인의 눈에 아직 눈물이 고여 있었다. "학교에서 그렇게 말했나요?"

"자세히 적어 보내진 않았어요. 그 사람들은 아이를 맡기가 불가능하다고 유감을 표시했을 따름이에요. 그 말이 뜻하는 건 단 하나예요." 그로스 부인은 아무런 감정 없이 내 이야기를 들으며, 그 의미가 무엇인지 묻는 것을 자제했다. 이윽고 나는 다소 일관성 있게 내 마음을 표현하고, 부인의 존재가 나를 편하게 할 따름이라는 생각으로 말을 이었다. "마일스가 다른 아이들에게 해가 된다는 거죠."

이 말을 들은 부인은 단순한 사람들 특유의 급한 성미를 참지 못하고 발끈 화를 냈다. "마일스 도련님이요! 그 아이가 해가 된다고요?"

이 말에 선량한 믿음이 솟구쳤기 때문에 나는 아직 그 아이를 만나지도 않았지만 걱정이 되어 그 생각이 어처구니없다는 데 맞장구를 쳤다. 부인의 말에 더 강하게 동조하기 위해 나는 그 자리에서 빈정거리듯 이런 말을 하고 말았다. "순진하고 나이 어린 동무들에게 해가 된다나요!"

"너무나 끔찍하군요." 그로스 부인이 외쳤다. "그렇게 잔인한 말들을 하다니! 아직 열 살도 되지 않은 아인데 어쩌려고."

"그렇고말고요. 믿을 수 없는 일이죠."

그런 고백에 부인은 무척이나 고마워했다. “그 아이를 먼저 만나 보세요, 선생님. 그다음에 제 말을 믿어 보세요!” 당장 그 아이를 만나고 싶은 조바심이 새롭게 일었고, 그것은 이후 몇 시간 내내 고통스러울 만큼 깊어진 호기심의 시작이었다. 내가 판단하건대 그로스 부인은 자신이 내 마음속에 던진 효과를 알고서 확신하듯 계속 말을 몰아갔다. “저 작은 숙녀를 보고서 믿으세요. 정말이지!” 부인은 다음 순간 말을 덧붙였다. “아가씨를 보세요!”

나는 돌아서서, 10분 전 하얀 종이 한 장과 연필 한 자루 그리고 멋진 ‘둥근 O자’가 그려진 글씨본을 주고 공부방에 앉혔던 플로라가 지금 열린 문 앞에 나타난 것을 보았다. 그 아이는 깜찍하게도 하기 싫은 숙제를 놀랍도록 초연히 내버려 두고 나를 쳐다보았다. 하지만 그 모습은 단지 아이가 내게 품고 있던 애정의 결과로 비칠 만큼 순진무구한 기색이었고, 그 애정이 아이로 하여금 내게 호응하게 만들었다. 나는 그로스 부인의 적절한 비교를 더 이상 확인할 필요도 없이, 내 어린 학생을 팔에 껴안고 키스를 퍼부으며 속죄의 눈물을 흘렸다.

그럼에도 불구하고 남은 하루 동안 나는 동료인 그로스 부인에게 접근할 기회를 살피고 있었다. 특히 저녁 무렵이 되자 나는 부인이 오히려 나를 피한다고 생각하기 시작했다. 나는 계단 위에서 부인을 따라 내려와 계단 아래 멈추게 하고서, 한 손으로 부인의 팔을 붙들었다. “낮에 마일스가 나쁜 짓을 한 적이 전혀 없다고 내게 말한 걸 기정사실로 삼겠어요.”

부인은 고개를 뒤로 젖히고, 이번에는 분명하고 매우 정직하게 자세를 바로잡았다. "그런 적이 한 번도 없었다고 주장하는 건 아니에요!"

나는 다시 어리둥절하였다. "그렇다면 그 아이를 파악하고 있었던 셈이로군요?"

"물론이죠, 선생님. 다행스럽게도!"

나는 잠시 생각한 후 이 말을 받아들였다. "당신 말은 장난기가 없는 아이라면……."

"제겐 아이가 아닌 거예요!"

나는 부인을 더욱 단단히 잡았다. "당신은 장난기가 있는 아이들이 좋다는 거죠?" 그런 다음 나는 부인에게 동조하며, "나도 그래요!"라고 힘을 주어 말했다. "하지만 다른 아이들에게 나쁜 영향을 끼칠 정도까진 아니에요."

"나쁜 영향이라뇨?" 내가 사용한 강한 어휘에 부인이 당황하자 난 그것을 설명했다. "다른 아이들을 타락시킨다는 거지요."

부인은 내 말뜻을 알아듣고 나를 응시했지만, 얼굴에는 묘한 웃음을 띠고 있었다. "그 아이가 선생님을 타락시킬까 봐 두려워요?" 부인이 실로 대담하고 기발한 익살을 떨며 질문을 던지는 바람에 나는 상대방의 유머에 보조를 맞추려고 다소 아둔한 미소를 띠며 잠시 조롱의 의미를 생각했다.

그러나 다음 날 마차를 탈 시간이 다가오자 나는 불쑥 다른 질문을 던졌다. "이전에 여기 있던 숙녀분은 어떤 사람이었죠?"

"지난번 가정 교사 말인가요? 그 사람도 젊고 예뻤어요. 거의 선생님만큼요."

"어머, 그렇다면 그녀도 젊고 아름다운 덕을 보았겠네요!" 나는 무심코 이런 말을 던진 걸 기억하고 있다. "그가 젊고 예쁜 가정 교사를 좋아한 듯하네요!"

"그럼요." 그로스 부인이 동의했다. "그게 모든 사람을 좋아하는 방식이었으니까요!" 사실 이 말을 꺼내며 부인은 순간적으로 자신을 가다듬었다. "제 말은 그게 주인어른의 방식이란 거죠."

나는 깜짝 놀랐다. "그렇다면 처음에는 누구를 말한 거였어요?"

부인은 무표정하게 보였지만 얼굴을 붉혔다. "물론 그분이었죠."

"주인어른이요?"

"달리 누가 있겠어요?"

다른 사람이 아무도 없다는 게 너무나 명백했던 나머지, 다음 순간 나는 부인이 실수로 자신이 의도했던 이상의 말을 해 버렸다는 느낌을 잊어버렸다. 나는 알고 싶었던 것만 물어볼 뿐이었다. "지난번 가정 교사는 그 아이에게서 뭔가 발견했나요?"

"올바르지 않다는 거요? 그이는 제게 말하는 법이 없었거든요."

나는 망설이다 마음을 가다듬었다. "그 사람은 세심했나요, 까다롭던가요?"

그로스 부인은 애써 진지한 표정을 띠었다. "어떤 일에 대해

선요, 그럼요."

"하지만 모든 일에 대해 그렇지는 않았고요?"

부인은 다시 생각에 잠겼다. "글쎄요, 선생님, 그이는 세상을 떠났어요. 험담을 하진 않겠어요."

"당신 기분을 잘 이해하겠어요." 나는 얼른 대답했다. 그러나 잠시 후 사정을 더 물어봐도 내가 시인한 말과 어긋나지 않을 거라고 생각했다. "그 사람은 여기서 죽었나요?"

"아뇨, 집을 나가 버렸어요."

나는 그로스 부인의 간결한 말에서 느껴지는 애매함이 뭔지 몰랐다. "집을 나가 죽었단 말인가요?" 그로스 부인은 곧장 창밖을 보았다. 그러나 가정해 보건대 나는 블라이에 고용된 젊은 사람들이 해야 할 일이 뭔지 알 권리가 있다고 느꼈다. "그 사람이 병에 걸려 집으로 갔다는 말인가요?"

"이 집에서 병에 걸린 것 같지는 않았어요. 그해 말쯤 짧은 휴가를 얻어 집에 다녀오겠다며 떠났어요. 상당한 시간 일을 했으니 응당 그럴 권리가 있었거든요. 그 당시 젊은 여자가 있었답니다. 계속 머물렀던 보모인데, 착한 소녀인 데다 영리했어요. 그래서 틈새 시간에는 보모가 전적으로 아이들을 맡았어요. 하지만 젊은 가정 교사는 끝내 돌아오지 않았던 거죠. 그이를 기다리고 있던 중, 주인님으로부터 그 여자가 죽었다는 말을 들었고요."

나는 이 말을 곰곰이 생각했다. "하지만 무슨 병으로?"

"주인님은 한 번도 제게 말하지 않았어요! 하지만 제발, 선생님." 그로스 부인이 말했다. "전 일하러 가야 돼요."

3장

다행히도 내가 뭔가에 몰두했던 탓에 그로스 부인이 이처럼 등을 돌린 게 우리 사이에 형성된 신뢰감을 저해할 만큼 무례가 되지 못했다. 귀여운 마일스를 집으로 데려온 다음, 나는 늘 멍한 상태에 있었고 우리는 여느 때보다 더욱 친밀해졌다. 나는 처음 내 앞에 모습을 드러낸 아이가 퇴학 처분을 당했다는 것이 너무나 터무니없다고 선언할 작정이었다. 나는 마일스를 만나러 갔다가 그 장소에 조금 늦게 닿았다. 마차에서 내려 여관 문 앞에서 나를 찾으며 생각에 잠겨 서 있던 마일스를 보자, 나는 즉각 겉으로나 속으로 그가 놀랍도록 신선한 광채에 휩싸여 있다고 느꼈다. 이러한 광채는 내가 그의 동생을 처음 보았던 순간 느꼈던 것과 똑같은 순결의 향기였다. 마일스는 믿을 수 없을 만큼 아름다웠고, 그로스 부인이 말하던 그대로였다. 아이에 대하여 어떤 애정이 솟구치는 것을 제외한다면, 그의 등장으로 말미암아 모든 의구심이 씻겨지고 말았다. 당장 그를 받아들인 이유는 어떤 아이에게서도 이와 똑같은 성스러움을 발견하지 못했기 때문이다. 그건 사랑 이외의 것은 아무것도 알지 못하는 듯한 형언하기 어려운 귀여운 자태였다. 이처럼 너무나 천진난만한 아이에게 나쁜 평판이란 도무지 어울리지 않았던 것이다. 그리하여 내가 아이와 함께 블라이 저택으로 돌아올 무렵 방 안 서랍 속에 감추어 둔 끔찍한 편지를 생각하니 분노가 일기는커녕 당혹스러울 뿐이었다. 그로스 부인과 밀담을 나눌 수 있게 되자 나는 즉시 그것이 터무니없다고 단호히 말했다.

부인은 금방 내 뜻을 알아챘다. "그 가혹한 처사 말인가요?"

"그건 도저히 말이 되지 않아요. 부인, 그 아이를 한번 보세요!"

내가 마일스의 매력을 발견한 체하자 부인이 미소를 지었다. "선생님, 장담하건대 전 다른 어떤 것도 하지 않았답니다! 그렇다면 선생님은 뭐라고 하실 생각인가요?" 부인은 즉각 말을 덧붙였다.

"그 편지에 대한 답장 말인가요?" 나는 결심을 했다. "아무것도 하지 않겠어요."

"그럼 아이의 삼촌에게도요?"

나는 통렬히 말했다. "아무것도 하지 않겠어요."

"그럼 아이 자신에게도요?"

나는 스스로 놀라웠다. "아무것도 하지 않겠어요."

부인은 앞치마로 입가를 크게 훔쳤다. "그렇다면 전 선생님 편을 들겠어요. 끝까지 함께 버텨 봐요."

"그렇게 해요!" 나는 맹세하듯 부인에게 손을 내밀며 열정적으로 말을 반복했다.

부인은 거기서 잠시 내 손을 잡다가 다른 손으로 다시 앞치마를 들어 올렸다. "괜찮겠어요, 선생님? 제가 실례를 해도."

"내게 키스를 한다고요? 좋아요!" 나는 이 착한 인물을 팔에 껴안고 자매처럼 포옹했지만, 여전히 마음이 경직되었고 분노가 느껴졌다.

아무튼 당분간 이러한 시간이 지속되었다. 그런 시간이 너무나 충만했던 나머지 지금 그때가 어떻게 흘러갔는지 돌이켜 보려면 굉장한 기술이 필요할 지경이었다. 되돌아 본다면 내가 받아들인 상황은 경이로웠다. 나는 동료와 함께 끝까지 일을 견뎌 내려고 했으며, 분명히 뭔가에 홀려 그런 노력에 수반되는 파장과 함께 무척 힘든 관계를 쉽사리 풀 수 있다고 생각했던 것이다. 나는 몰입과 동정이라는 거대한 물결 위로 높이 솟아올랐고, 무지와 혼란과 자만에 빠져 세상 교육이래야 겨우 걸음마 단계를 밟았을 뿐인 이 사내아이를 쉽게 다룰 수 있을 거라고 여겼다. 내가 아이의 방학이 끝나고 공부를 계속하면서 어떤 계획을 세웠는지 지금은 기억조차 할 수 없다. 아름다웠던 그해 여름, 사내아이가 나와 함께 공부하게 되었다는 사실을 우리 모두가 실제로 깨달았다. 그러나 몇 주 동안 수업은 오히려 나 자신을 위한 것이었음에 틀림없다는 것을 이제야 느낀다. 처음에 나는 분명히 이전의 숨 막힐 듯한 군

색한 생활에서 비롯된 교훈 가운데 하나가 아닌 뭔가를 배웠다. 그건 즐거움을 얻고, 심지어 남에게 그것을 베풀며, 내일을 염두에 두지 않는 것이었다. 어떤 의미에서 나는 공간과 대기와 자유는 물론, 여름이 주는 모든 음악과 자연의 온갖 신비를 처음으로 알게 되었다. 그런 다음에 사색이 이어졌다. 사색이란 감미롭지 않은가. 아! 내 상상력과 섬세함과 약간의 허영심, 다시 말해 나의 내부에 깃든 가장 예민한 기질이 결국 모든 것에 대한 함정(고의적인 것은 아니지만 충분히 깊은)이 되고 말았다. 이 모두를 가장 잘 표현하는 길은 단지 내가 방심하고 있었다고 말하는 것뿐이다. 아이들은 정말 놀랍도록 얌전했기에 조금도 성가시지 않았다. 나는 거친 미래가(미래는 모두 거친 법이니까.) 어떻게 아이들을 다루고 또 어떻게 상처를 입히게 될지 곰곰이 생각해 보곤 했지만, 이것마저도 막연하고 연관성이 없었다. 아이들은 활기와 행복으로 꽃처럼 피어나고 있었다. 그래도 나는 마치 모든 것이 온전히 장막에 감싸여 보호되어야 할 두 명의 어린 귀족이나 훌륭한 혈통을 가진 왕자들을 떠맡은 듯했고, 내 공상에서 아이들이 차지한 유일한 미래는 정원과 공원이 실제로 궁전처럼 펼쳐지는 낭만적인 모습이었다. 무엇보다 여기에 갑자기 침범한 일이 당연히도 이전의 정적인 시간이 얼마나 매력적이었던가를 상기시켜 주었다. 그건 뭔가 모여들어 웅크린 듯한 고요였다. 그러한 변화는 사실 한 마리 짐승이 뛰쳐나온 것처럼 보였다.

처음 몇 주 동안은 하루가 길었다. 그런 날들 가운데 가장 좋을 때면 나는 종종 고독의 시간으로 일컫는, 다시 말해 아이들이 차를 마시고 잠자리에 든 다음 나의 침소로 가기 전 혼자서 조촐한 시간을 보냈다. 비록 내가 가르치는 아이들을 좋아하긴 했지만, 나는 하루 중 이 시간을 가장 좋아했다. 그리고 특히 가장 좋아하던 때는 해가 저물어 하루가 머뭇거리고, 붉게 물든 하늘에서 새의 마지막 울음소리가 고목으로부터 울려 대는 정원 속을 거닐며, 그곳의 아름다움과 위엄을 만끽하고, 마치 이 장소의 주인이 된 듯한 느낌에 흥겨워하고 기분을 돋우는 때였다. 이러한 순간 절로 마음이 평온하게 정리되는 느낌이란 즐거운 것이었다. 그리고 나의 분별력에다 고요하고 순정한 느낌과 깍듯한 예절로 주인에게 즐거움을 베풀었다는 생각도 유쾌했다. 그분이 이것을 생각이라도 했을까! 내가 하는 일은 그분이 진심으로 원했기에 직접 요청한 것이었고, 또한 내가 이처럼 헌신할 수 있다는 건 처음 기대했던 것보다 훨씬 큰 기쁨을 주었다. 요컨대 나는 자신을 비범한 젊은 여자로 상상하였고, 이것이 세상에 널리 알려지리라는 믿음에 위안을 얻는다고 말하련다. 그렇다면 이윽고 최초의 징조를 던질 놀라운 일들에 의연히 맞서기 위해 자신을 가다듬을 필요가 있었다.

그 일은 어느 날 오후 내가 가장 좋아하던 시간 중에 느닷없이 발생했다. 나는 아이들을 침실로 돌려보내고 산책을 하기 위해 밖으로 나왔다. 이젠 조금도 거리낌 없이 적어 두는 바이지만, 나는 이러한 산책에서 갑자기 누군가를 만난다면 우아한 낭만이 될 수 있다는 생각에 사로잡혀 있었다. 그 인물은 저기 길모퉁이에 서서 미소를 지으며 내 존재를 인정하리라. 나는 그 이상을 요구하지 않았고, 단지 그분이 나를 알아주기만 바랄 뿐이었다. 그리고 그분이 나를 알고 있다는 사실을 확인할 유일한 길은 호감 어린 얼굴에서 바로 그 친절한 미소를 보는 것이리라. 그분의 얼굴이 사실 그대로 내 앞에 나타났을 때는 6월의 긴 하루가 끝날 무렵 내가 농장에서 걸어 나와 저택이 보이는 곳에 갑자기 발길을 멈추었던 순간이었고, 이것은 잇달아 생겨난 일들의 시초가 되었다. 그 지점에서 나의 걸음을 우뚝 멈추게 한 건 나의 상상이 순식간에 현실로 바뀌었다는 충격 때문이었다. 그분이 거기 서 있지 않은가! 그분은 잔디밭 건너 높다란 곳에, 이 집에 온 첫날 아침 귀여운 플로라가 나를 안내해 주었던 탑의 맨 꼭대기에 서 있었다. 이 탑은 한 쌍의 탑 가운데 하나였고, 사각형 모양의 총안을 내어 구조상 서로 어울리지 않았다. 비록 나는 그 차이를 식별할 수 없었지만, 어떤 이유에서인지 두 개의 탑은 각기 새로운 것과 오래된 것으로 구별되었다. 두 개의 탑은 저택의 반대편 끝에 붙어 건축학적으로 보면 기형이었고, 사실 완전히 떨어져 있지도 않고, 지나치게 허세를 부리듯 높지도 않았기 때문에 보기 흉한 모습은 조금 덜했지만, 번드레한 옛 모습으로 보건대 이미 상당한 과거가 되어 버린 낭만주의 양식의 복고물이었다. 나는 두 탑을 찬미하며 상상의 날개를 폈다. 특히 어둠을 뚫고 두 개의 탑이 실로 흉벽이 갖는 장대함으로 아련히 나타날 때면, 우리 모두가 다소간 마음의 위로를 얻을 수 있었기 때문이다. 하지만 내가 그토록 자주 눈앞에 떠올린 그분의 형상이 가장 잘 어울릴 듯한 장소는 그처럼 높이 솟은

데가 아니었다.

내 기억으로 이 형상은 청명한 황혼 속에서 나의 내부에 다급하고 선명한 두 가지 감정을 유발했다. 그것은 처음의 놀라움에서 온 예리한 충격에 이어, 두 번째 놀라움에서 온 충격이었다. 두 번째 충격은 내게 첫 번째 놀라움이 잘못이었다는 인식을 황급히 심어 주었다. 내 눈과 마주친 사람은 내가 얼떨결에 상상했던 그분이 아니었다. 이리하여 내게는 몇 해가 흐른 다음에도 도저히 그처럼 생생한 광경을 재현할 수 없는 시각의 혼란이 찾아왔다. 호젓한 곳에 나타난 미지의 인물은 고요히 자라 온 젊은 여자에게 당연히 공포의 대상이 되었다. 더욱이 나와 대면한 형상은 절대로 내 마음속에 있던 이미지가 아닐뿐더러, 내가 알고 있던 다른 어떤 사람과도 달랐다. 이것은 몇 초가 더 흐른 다음 확실해졌다. 나는 그 형상을 할리 가에서 만나지도 않았고, 다른 어디에서도 본 적이 없었다. 더욱이 참으로 괴이하게도 그 형상이 나타났다는 사실 자체로 말미암아 당장 그 장소가 황량하게 변하였다. 적어도 내가 여기서 다른 여느 때보다 면밀하게 말할 수 있는 건, 그 순간의 느낌이 온통 되살아났기 때문이다. 그건 마치 내가 주시하는 동안(실제로 그렇게 했지만) 다른 모든 광경이 죽음의 빛을 띠고 있는 듯했다. 이 글을 쓰는 동안 나는 저녁의 소리가 멈춘 강렬한 침묵을 다시 들을 수 있다. 까마귀들이 황금빛 하늘 아래 까악거리는 소리를 멈추고, 정겨운 시간은 잠시 모든 목소리를 상실했다. 그러나 실상 내가 목격한 변화에 괴이하리만큼 예민한 마음이 더해지지 않았다면 자연에는 다른 어떤 변화도 일어나지 않았을 것이다. 하늘은 여전히 금빛으로 물들었고 대기는 청명한 데다, 흙벽 너머 나를 보고 있는 사람은 사진틀에 넣은 그림처럼 선명했다. 이런 식으로 나는 꽤 민첩하게 그 사람일 가능성이 있는 인물과 그렇지 않은 인물을 번갈아 생각해 보았다. 우리가 거리를 두고 무척 오랫동안 대면하는 사이 나는 과연 그 사람이 누군지 자신에게 집요하게 물어보았고, 여기에 대답하지 못했기에 순식간에 경이감이 더욱 강렬해졌다.

나중에야 깨달았지만 어떤 사태와 관련하여 가장 큰 문제가 되는 것은 그것이 얼마나 오랫동안 지속되었는가 하는 점이다. 그런데 여러분이 어떻게 생각하든 내게 이러한 문제는 여러 가지 가능성을 타진하는 동안 지속되었고, 그 가능성 가운데 어느 것도 미지의 인물이 집 안에 있었다는 사실에서(얼마나 오랫동안 이 인물이 집 안에 있었을까.) 내가 아는 한 뭔가 뾰족한 결과를 가져오지 못했다. 내 직무에서 그런 무지가 용납되지 않을 뿐만 아니라 그런 인물이 존재할 수 없다는 생각으로 마음을 다소 가라앉히는 사이에도 이 문제는 지속되었다. 아무튼 이 방문객이(내 기억으로 모자를 쓰지 않은 그의 뻔뻔스러운 모습은 괴이한 자유의 기운을 발산하고 있었다.) 자신의 위치에서 그의 존재가 촉발시킨 문제는 스러져 가는 빛 속에서 그가 나를 집중적으로 응시하는 동안에도 지속되었다. 우리는 너무나 떨어져 서로 말을 건넬 수도 없었지만, 조금만 가까운 거리였다면 침묵을 깨뜨리고 약간의 모험을 해 보는 것이 당연히 서로를 대놓고 응시한 행위의 결과가 될 수 있는 순간이었다. 그 남자는 저택에서 떨어진 어느 모퉁이에 매우 꼿꼿이 서서는 벽에서 튀어나온 곳에다 두 손을 얹고 있었다. 그래서 나는 이 지면 위의 글자를 보듯 그의 모습을 선명히 보았다. 그리고 정확히 잠시 후, 그 광경에 효과를 더하려는 듯이 그 남자는 천천히 자신이 있던 장소를 바꾸었고, 줄곧 나를 빤히 바라보며 반대쪽 구석 층으로 옮겨 갔다. 그렇다, 이렇게 움직일 동안에도 그가 나한테서 한 치도 눈을 떼지 않고 있음을 나는 정말 강렬하게 느꼈다. 그리고 그 순간 그의 손이 움직이며 탑 위의 총안 하나하나를 어떻게 스치고 가는지 볼 수 있었다. 그 남자는 다른 구석에 잠시 멈추었다 돌아서려고 할 때조차 여전히 나를 또렷이 응시했다. 그는 몸을 돌려 사라졌고, 그것이 내가 알고 있는 전부였다.

4장

이때 내가 뭔가 더 기다리지 않았던 건 아니었다. 나는 몸이 부들부들 떨릴 만큼 그곳에 깊이 뿌리 박힌 듯 서 있었다. 블라이 저택에 어떤 '비밀'이 있는 것일까. 우돌포[5]의 신비이거나, 남들에게 언급할 수 없는 미친 친척이 비밀스러운 장소에 갇혀 있는 것은 아닐까? 내가 얼마나 오랫동안 곰곰이 생각했는지, 아니면 호기심과 공포가 뒤섞인 감정에 휩싸여 낯선 인물과 충돌한 장소에 얼마나 오랫동안 머물렀는지는 말할 수 없다. 집으로 돌아갔을 땐 이미 어둠이 꽤나 몰려왔던 것만 기억한다. 그사이 분명히 나는 감정의 동요에 사로잡혀 어찌할 바를 몰라했다. 왜냐하면 그곳을 배회하며 5킬로미터가

5) 18세기 영국의 여류 작가 앤 래드클리프의 공포 소설에 등장하는 장소.

량을 걸었음에 틀림없기 때문이다. 그러나 나중에 가서 훨씬 큰 공포에 압도된 탓에 이 정도 초기 단계의 놀라움은 그나마 견딜 수 있는 오한에 불과했다. 실상 그 가운데 가장 야릇했던 건(나머지도 그랬지만) 복도에서 그로스 부인을 만나 깨달은 사실이었다. 이 광경은 연속된 장면으로 회상된다. 집으로 돌아오면서 내가 받은 인상은 램프 불이 환히 켜 있고, 초상화와 붉은 양탄자가 깔린, 하얀 장식 판자로 꾸며진 넓은 공간과 그로스 부인의 몹시도 놀란 표정이었다. 그 표정은 즉시 나를 보고 싶어 했음을 드러냈다. 부인과 접촉하는 동안 그녀가 소박한 친절로 내 불안감을 씻어 낼 뿐, 거기서 내가 말해 주려는 사건과 연관될 수 있는 문제에 대해서는 아무것도 알지 못하리라는 생각이 금방 떠올랐다. 부인의 편안한 얼굴이 내 입을 다물게 하리라고 예상하지 않았고, 이 일을 언급하는 데 이처럼 망설이는 나 자신을 생각하자, 내가 목격한 일의 중요성을 어느 정도 가늠하였다. 내가 겪은 어떤 일도 이 사건만큼 괴이한 것이 없었기 때문에, 본능적으로 부인을 놀라게 하지 않으려는 마음과 함께 나의 공포가 실제로 시작되었다. 이리하여 그 호젓한 복도에서 부인이 나를 보는 가운데, 그 사건을 설명할 길이 없었던 이유로 나의 내부에 큰 변화가 일어났다. 나는 늦게 들어온 핑계로 밤이 아름다웠고 이슬이 심하게 내려 발이 젖었노라고 애매한 변명을 하며 서둘러 내 방으로 와 버렸다.

여기서 다른 일이 발생했다. 즉 이곳에서 많은 날들이 흐른 다음에야 그건 참으로 기괴한 일이 되었던 것이다. 나는 날마다 문을 닫고 생각할 시간(적어도 나의 분명한 직무에서마저 벗어나는 순간들)을 가져야 했다. 그건 내가 도저히 참을 수 없을 만큼 신경질적이었다기보다, 그렇게 될까 봐 몹시 두려워했다는 뜻이다. 이제야 곰곰이 생각해 보니, 단순하고도 분명하게 그토록 깊은 관심을 기울였던 불가사의한 방문객에 대하여 나는 도대체 어떤 설명도 붙일 수 없었다. 정식으로 묻지도 않고 소견을 요구하지도 않은 채 금방 집안 내부의 복잡한 사정을 알아낼 순 있었지만, 내가 겪었던 충격으로 모든 감각이 날카로워졌음에 틀림없었다. 사흘이 지나고 주변에 더욱 세심히 관심을 기울인 결과, 나는 하인들에 의해 속아 넘어가지도 않을뿐더러, 어떤 '장난'의 대상도 아님을 확실히 느끼게 되었다. 왜냐하면 내가 전혀 모르고 있었던 일이라고 할지언정 무엇이든 내 주변 사람들은 알고 있었기 때문이다. 단지 한 가지 합리적인 추론은 누군가 함부로 남의 집에 들어왔다는 것뿐인데, 나는 문을 잠그고 방에 들어박혀 거듭하여 이 말을 중얼거렸다. 우린 다 함께 침입에 노출되어 있었다. 오래된 저택에 호기심을 품은 조심성 없는 여행객이 남의 눈에 띄지 않게 몰래 잠입하여 가장 전망 좋은 곳에서 경치를 즐기고 나서 들어올 때처럼 살며시 나갔을지 모른다. 여행객이 그처럼 대담하게 나를 응시했다면 그건 그 사람의 무분별한 행위일 뿐이다. 아무튼 우리가 더 이상 그 사람을 확실하게 보지 않아야 된다는 게 다행스러웠다.

이제야 인정하지만 근본적으로 다른 어떤 일에 많은 관심을 쏟지 않았던 건, 단지 나의 즐거운 일 때문이라고 판단하는 편이 더욱 온당할지 모른다. 나의 즐거운 일이란 바로 마일스와 플로라와 함께하는 생활이었고, 힘든 일이 생길 때 아이들에게 몰입할 수 있다는 사실이 주는 것은 내게 정말 가장 좋은 것이었다. 내가 책임을 진 아이들의 매력은 끊임없는 기쁨이었고, 처음에 가졌던 두려움, 즉 내 직무에서 예상된 침울한 단조로움을 놓고 품었던 혐오감은 무의미했음을 새로이 깨달았다. 침울한 단조로움 따위는 생겨날 수 없는 듯했고, 길고 힘겨운 일들도 없었다. 그러므로 나날이 아름답게 펼쳐진 일들이 어떻게 즐겁지 않았겠는가? 그건 전적으로 아이들이 있는 공간의 낭만이자 공부방의 시(詩)가 아니었던가. 물론 내 말은 우리가 소설과 시만 공부했다는 게 아니라, 아이들이 내게 불어넣은 영감을 달리 표현할 길이 없다는 의미이다. 점차 아이들에게 익숙해지는 대신(그리고 이건 가정 교사에게 기적이나 다름없을진대, 동료 가정 교사들을 여기에 증인으로 삼으련다.) 끊임없이 새로운 발견을 했다고 말하는 것 외에 달리 어떻게 표현할 수 있겠는가! 이러한 발견이 미치지 않은 한 가지 방향이 분명히 있었다. 그건 마일스가 학교에서 저지른 행동이 계속 깊은 어둠으로 덮여 있다는 사실이었다. 이미 지적한 바와 같이 나는 즉시 그러한 불가사의를 고통 없이 받아들였다. 아마도 마일스 자신이 그걸 아무 말없이 말끔히 해소했다고 하는 편이 더욱 솔직하리라. 그 아이는 온갖 비난을 어처구니없는 것으로 만들었고, 그의 순진성이 생동하는 장밋빛을 뿜자 나는 저절로 결론을 내릴 수 있었다. 다시 말해, 그는 단지 너무나 섬세하고 맑은 탓에 진저리 나는 작고 불결한 학교의 세계가 맞지 않아 대가를 치렀던 것이다. 그런 차이와 훌륭한 자질을 의식해 볼 때, 우둔하고 비열한 교장들을 포함한 다수는 누구나 예외 없이 처벌자로 변하게 마련이라고 나는 곰곰이 생각했다.

두 아이들은 얌전했고, 그것이 유일한 결함이었다. 그렇다고 마일스가 여자아이 같았던 것은 결코 아니었다. 어떻게 표현해야 될까? 이것은 아이들을 개성이 없고, 벌 받을 구석이라곤 하나도 없게 만들었다. 그들은 적어도 도덕적으로 나무랄 데 없는, 동화 속의 예쁘고 순진한 아이들 같지 않은가! 내 기억으로 특히 마일스는 숨은 내력 따위는 전혀 갖지 않은 듯했다. 어린아이에게는 숨은 내력 따위를 기대하지 않는 법이지만, 이처럼 아름답고 귀여운 소년에겐 뭔가 퍽 예민하면서도 행복한 구석이 있어, 내가 지금까지 본 그 나이 또래의 다른 아이들과 견준다면 매일 새롭게 시작한다는 기분을 들게 하였다. 그 아이가 한순간도 고통을 겪은 적이 없다는 게 실제로 벌을 받지 않았다는 직접적인 증거로 간주되었다. 만일 아이가 사악하다면 겉으로 '드러낼' 테고, 그것이 반사되는 순간 나는 응당 흔적을 발견하고 포착할 것이다. 내가 전혀 아무것도 발견하지 못했기에 그 아이는 천사 같은 인물이 되었다. 마일스는 자신의 학교에 대하여 전혀 이야기하지 않았고, 동무나 선생님에 대해서도 언급하는 법이 없었다. 그리고 나로선 그런 언급이 정말 너무나 역겨웠다. 물론 나는 뭔가에 홀려 있었고, 더욱이 그 당시조차 이 사실을 내가 빤히 알고 있었다는 게 정말 기이했다. 그러나 나 스스로 몰입했던 상태가 어떤 고통에 대해서도 해독제가 되었다 해도, 나는 사실 한 가지 이상의 고통을 가지고 있었다. 그런 날들이 지속되는 동안, 떠나온 집으로부터 사정이 호전되지 않았다는 괴로운 편지들을 받았던 것이다. 하지만 나의 아이들과 함께 있다면 대체 무엇이 문제란 말인가? 그건 내가 틈틈이 방에 틀어박혀 던지곤 했던 질문이었다. 나는 아이들의 사랑스러움에 현혹되었으니까.

이야기를 계속하자면 어느 일요일, 몇 시간이나 억수같이 비가 내려 우리는 교회에 갈 수 없었다. 그래서 날이 저물자, 비가 그치면 함께 저녁 예배에 참석하기로 그로스 부인과 약속했다. 다행히 비가 그쳐 나는 나갈 준비를 했다. 공원을 지나 마을로 가는 길을 따라가면 20분이면 충분했기 때문이다. 나는 복도에서 그로스 부인을 만나려고 계단을 내려가다 문득 장갑 한 짝이 생각났다. 그 장갑은 서너 군데 꿰맬 곳이 있었고, '어른들이 사용하는' 식당이자 마호가니와 놋쇠로 짜인 춥고 깨끗한 넓은 방에서 아이들이 차를 마실 때 일요일이면 어쩌다 함께 앉아 손질을(주일날 이처럼 눈에 띄게 일하는 모습이 아이들에게 나쁜 영향을 줄지 몰라도) 했던 장갑이었다. 나는 그곳 바닥에 떨어져 있던 장갑을 찾으러 발길을 돌렸다. 날이 꽤나 침침했지만 오후의 햇볕은 아직 머뭇거리고 있었다. 이 빛을 받아 문지방을 건너다 나는 닫혀 있던 넓은 창문 옆의 의자 위에서 내가 찾던 물건을 보았을 뿐만 아니라, 창문 건너편에서 이쪽을 빤히 들여다보는 한 인물을 목격하였다. 그건 방으로 한 걸음만 옮겨도 충분히 보일 지경이었고, 그 모습은 순간적으로 내 시야에 들어왔다. 집 안을 빤히 들여다보던 그 인물은 이미 내 앞에 나타났던 사람이었기 때문이다. 그가 이전보다 더욱 분명한 모습으로 다시 나타났다고 할 순 없었다. 왜냐하면 우리 관계가 진일보했다고 할 만큼 가까이 나타나지도 않았고, 게다가 그를 보는 순간 나는 숨이 멎고 온몸이 차갑게 굳어 버렸기 때문이다. 그는 정말 전에 나타났던 사람과 동일한 인물이었다. 그리고 주방 창문이 그가 딛고 선 축대 높이만큼 낮지 않아 이번에도 이전과 마찬가지로 상반신만 보였다. 그가 유리창에 얼굴을 밀착시키고 있어서 모습이 눈에 잘 들어오자 이상하게도 그때야 비로소 처음 보았을 때 그의 인상이 얼마나 강렬했는지 알게 되었다. 그는 불과 몇 초밖에 머물지 않았다. 이것은 그도 나를 알아봤다는 사실로 납득하기에 충분했다. 하지만 마치 내가 몇 해 동안 줄곧 그를 쳐다보며 알아왔던 느낌이었다. 그런데 이번에는 지난번에 없었던 일이 발생했다. 즉 유리창 너머 방 안을 가로지르며 찬찬히 내 얼굴을 보던 그의 눈길은 지난번처럼 깊고 딱딱했지만, 내가 계속 지켜보는 동안 잠시 나를 벗어나 다른 여러 가지를 연속적으로 응시하고 있음을 알 수 있었다. 별안간 그가 여기에 온 것이 나 때문이 아니라는 확신이 충격처럼 더해졌다. 그는 다른 누군가를 찾으러 왔던 것이다.

섬광처럼 이것을 알게 되자(공포에 떨던 중이었기 때문이다.) 나의 내부에 이상하기 그지없는 효과가 일어났고, 거기 서 있던 나의 몸이 의무와 용기로 갑자기 떨리기 시작했다. 용기라고 말하는 건 의심할 나위 없이 내가 이미 발을 디뎠기 때문이다. 나는 곧장 방문 밖으로 다시 뛰어나와, 저택의 문에 당도하여 순식간에 앞길로 들어섰다. 그리고 온 힘을 다해 재빨리 축대를 끼고 달려 모퉁이를 돌아오니 앞이 훤히 보였다. 하지만 내 앞에는 아무것도 보이지 않았다. 방문객은 사라져 버린 것이다. 나는 걸음을 멈추고 그가 사라진 데 진심으로 안도하며 털썩 주저앉을 뻔했다. 그러나 주변의 모든 광경을 뇌리에 넣으며 나는 그에게 다시 나타날 시간을 주었다. 시간이라고 하지만 얼마나 오래되었을까? 이런 일들이 얼마나 지속되었는지 이제 적절히 말할 수도 없다. 그런 계산 따위는 내게서 떠나갔음에 틀림없고, 그런 일들이 실제 내가 생각한 만큼 오래 지속되지 못했을지도 모른다. 축대와 주변 일대, 잔디밭과 그 너머 정원, 그리고 시야에 들어온 넓은 정원 등은 모두 그야말로 휑할 만큼 한적했다. 관목과 큰 나무들이 있었지만, 내 기억으로는 어느 것 뒤에도 그 사람이 숨어 있지 않았다고 분명히 확신한다. 그는 거기에 있을지도 없을지도 모르지만, 내 눈에 띄지 않는다면 없는 것이리라. 나는 이 생각을 고수하다 본능적으로 오던 길로 돌아가지 않고 창문 쪽으로 갔다. 그가 서 있던 곳에 내가 직접 가 보아야 한다는 생각이 얼떨결에 들었던 것이다. 그렇게 하여 내 얼굴을 창 유리에 대고 그가 했던 대로 방 안을 들여다보았다. 이 순간 마치 그의 시야가 어느 만큼 되는지 내게 정확히 보여 주려는 듯이 그로스 부인이 내가 조금 전 그 사람에게 했던 것처럼 복도에서 방으로 들어왔다. 부인이 등장하자 나는 이미 발생했던 일이 완전한 이미지로 되풀이되는 것을 보았다. 내가 방문객을 보았듯이 부인이 나를 본 것이다. 부인은 내가 했던 대로 놀라서 움찔했고, 나는 그녀에게 내가 받았던 충격과 유사한 모습을 보여 주었다. 부인이 하얗게 질려 버리자, 나도 그처럼 안색이 새하얗게 되었는지 나 자신에게 물어보았다. 부인은 잠시 응시하다 바로 내가 나간 길을 따라 물러났다. 나는 그때 부인이 밖으로 나가 집 안을 둘러 내게 올 것이며, 이윽고 그녀를 만날 수밖에 없음을 알게 되었다. 나는 내가 있던 곳에서 기다리는 동안 여러 가지 일들을 생각했다. 그러나 한 가지 언급해야 할 일은 부인이 두려워하는 까닭을 알 수 없었다는 점이다.

5장

집의 모퉁이를 돌아 부인이 다시 어렴풋이 모습을 드러내는 순간 그녀는 내게 까닭을 물었다. "도대체 무슨 일이에요?" 부인은 이제 얼굴을 붉히며 숨을 헐떡였다.

나는 부인이 가까이 올 때까지 아무 말도 하지 않았다. "나 말인가요?" 나는 놀라운 표정을 지었음에 틀림없다. "내 얼굴에 뭐가 나타나나요?"

"얼굴이 종이처럼 창백해요. 봐줄 수가 없네요."

나는 생각에 잠겼다. 이런 일에 태연한 표정을 지을 순 있었다. 그러나 그로스 부인이 얼굴을 붉힌 모습을 보고, 그녀를 놀라게 하지 말아야 한다는 생각이 어깨에서 스르르 옷이 흘러내리듯 사라졌다. 내가 잠시 주춤거렸다면 무엇을 숨기려는 의도 때문이 아니었다. 손을 내밀자 부인이 내 손을 잡았다. 나는 부인을 가까이 확인하고 싶은 마음에서 그녀의 손을 조금 세게 잡아 보았다. 수줍은 듯 놀라움을 표시하는 부인의 모습에 나를 도우려는 마음이 엿보였다. "물론 교회에 가려고 나를 데리러 왔겠죠. 하지만 갈 순 없어요."

"무슨 일이라도 생겼어요?"

"그럼요. 이제는 당신도 알아야만 해요. 내가 몹시 괴상하게 보였죠?"

"이 창문을 통해서요? 무서웠어요!"

"그렇다면," 내가 말했다. "난 무서움에 치를 떨었어요." 그로스 부인의 눈빛은 자신은 그러고 싶지 않다는 걸 분명히 표현하면서도, 자기 입장이 나와 어떤 특별한 걱정거리라도 공유해야 될 형편임을 너무나 잘 알고 있음을 암시했다. 그렇다면 부인이 나와 걱정을 함께 나누어야 된다는 건 이미 정해진 일이 아닌가! "식당에서 조금 전 당신이 본 건 바로 그 영향 때문이죠. 방금 내가 본 건 더욱 끔찍했고요."

부인의 손이 굳어졌다. "그게 뭔데요?"

"이상한 남자였어요. 방 안을 들여다보았거든요."

"이상한 남자라뇨?"

"누군지 전혀 모르겠어요."

그로스 부인은 공연히 주위를 살펴보았지만 아무도 없었다. "그럼 그 남자는 어디로 갔어요?"

"그건 더욱 모르죠."

"이전에 본 적이 있던 사람이에요?"

"네, 단 한 번. 오래된 탑 위에서죠."

부인은 나를 더욱 유심히 볼 뿐이었다. "그 남자가 낯선 사람이란 말인가요?"

"그럼요. 전혀 보지 못했답니다!"

"그런데도 여태 제게 말하지 않았잖아요?"

"그래요, 이유가 있으니까요. 하지만 당신이 눈치챘으니."

그로스 부인의 둥그런 눈이 내 말을 맞받았다. "에구, 전 눈치채지 못한걸요!" 부인은 무척 단순하게 말했다. "선생님이 모르는 걸 제가 어떻게 알겠어요?"

"난 정말 몰라요."

"탑 이외의 장소에서 그 사람을 본 적이 전혀 없었어요?"

"그리고 금방 여기서 보았죠."

그로스 부인은 다시 주위를 두리번거렸다. "그 남자가 탑 위에서 무엇을 하고 있었나요?"

"거기 서서 나를 내려다보았을 뿐이에요."

부인은 잠시 생각에 잠겼다. "신사였나요?"

이 질문은 생각해 볼 필요조차 없었다. "아니오!" 부인은 더욱 놀란 표정으로 응시했다. "아니라고요."

"그럼 이 집에 있거나 마을에서 온 누군가가 아닐까요?"

"아니에요. 그럴 리가 없어요. 당신에게 말하지는 않았지만 그건 장담해요."

부인이 막연하게 내쉰 안도의 한숨은 이상하게도 너무나 힘이 되었다. 사실인즉 그리 오래가지는 않았지만. "하지만 그 사람이 신사가 아니라면요……."

"그 사람이 누군데요? 소름 끼치는 인물이었어요."

"소름 끼치는 인물이라뇨?"

"그 사람이 누군지 알 수만 있다면 뭘 못 하겠어요!"

그로스 부인은 다시 한번 두리번거렸다. 어둠이 짙어진 먼 곳을 유심히 바라보다 이윽고 정신을 가다듬은 그녀는 불쑥 엉뚱한 말을 던졌다. "교회에 있어야 할 시간인데요."

"아, 난 교회에 갈 마음이 내키지 않아요!"

"교회에 가시는 게 선생님에게 좋지 않을까요?"

"그들에게 좋지 않을 거예요!" 나는 집을 향해 고개를 끄덕였다.

"아이들 말인가요?"

"이제 그 아이들을 내버려 둘 순 없어요."

"걱정스러워요?"

나는 대담하게 말했다. "난 그 남자가 걱정돼요."

이 말을 듣고 그로스 부인의 커다란 얼굴이 극히 희미하게나마 처음으로 더욱 예민한 내색을 했다. 아무튼 나는 부인의 얼굴에서 그녀에게 뒤늦게 어떤 생각이 떠오른 걸 깨달았다. 그것은 내가 직접 그녀에게 알려 준 것도 아니었고, 아직도 내게 무척 애매한 것이었다. 난 즉시 이것이 내가 그녀로부터 뭔가 얻어 낼 수 있는 단서라고 여겼다. 게다가 그건 더욱 진실을 알고 싶어 하는 부인의 바람과 연관되어 있다고 느꼈다. "언제였나요, 탑 위에서 봤다는 게?"

"이달 중순경이었어요. 지금과 똑같은 시간이었죠."

"거의 어두워질 무렵이었어요?" 그로스 부인이 말했다.

"아뇨, 이처럼 어둡진 않았어요. 지금 당신을 보는 것처럼 그 사람을 보았지만."

"그렇다면 그 사람이 어떻게 들어왔을까요?"

"그리고 어떻게 빠져나갔을까요?" 나는 웃음을 지었다. "그 사람에게 물어볼 기회조차 없었네요! 알다시피 오늘 저녁은," 나는 말을 계속했다. "그 사람이 들어올 수 없었거든요."

"엿보았을 뿐인가요?"

"그 정도로 생각하는 편이 좋겠어요!" 부인은 이제 내 손을 놓고 잠시 얼굴을 돌렸다. 나는 조금 기다리다 말을 꺼냈다. "교회에 가보세요. 그럼, 이만. 난 감시를 해야 하니까요."

부인은 다시 천천히 나를 대면했다. "아이들 때문에 두려우세요?"

우리는 오랫동안 다시 마주 보았다. "당신은 그렇지 않나요?" 부인은 대답 대신 창문 가까이 걸어가 잠시 유리창에 자신의 얼굴을 갖다 대었다. "그 사람이 어떻게 볼 수 있었는지 알겠죠." 그사이 나는 말을 이었다

부인은 꼼짝도 하지 않았다. "여기서 얼마나 오랫동안 있었어요?"

"내가 밖으로 나올 때까지요. 난 그 사람을 보려고 나왔던 거죠."

그로스 부인이 마침내 몸을 돌렸지만 표정은 더욱 착잡했다. "저 같으면 밖으로 나올 수 없었을 거예요."

"나도 마찬가지예요!" 나는 다시 웃음을 지었다. "하지만 난 그렇게 했어요. 내 의무거든요."

"그럼 제 의무도 있는 거죠." 부인이 대답하고 나서 말을 덧

붙였다. "어떻게 생겼어요?"

"나도 당신에게 진작 말해 주고 싶었어요. 하지만 누구와도 닮지 않았어요."

"누구와도요?" 부인이 내 말을 반복했다.

"모자도 안 썼어요." 그러자 그녀는 무척 낙심했고, 그런 부인의 표정으로부터 그녀가 내 말을 듣고 어떤 인물을 떠올렸음을 발견하고, 나는 재빨리 하나하나의 특징을 덧붙였다. "붉디붉은 머리카락에다 오밀조밀한 곱슬머리의 창백한 얼굴이었어요. 길고 꼿꼿한 몸은 보기에도 좋은 형상이었죠. 그리고 다소 괴이한 자그마한 구레나룻은 머리카락만큼 붉었지만, 눈썹은 다소 검은 편이었고, 특히나 활 모양으로 굽어 있어 마음대로 움직이는 듯이 보였죠. 눈매는 날카롭고 이상했어요. 끔찍하긴 했지만, 난 그 눈이 다소 작고 매우 고정되어 있었다는 것만은 분명히 알아요. 입은 넓고 입술은 가늘었어요. 게다가 자그마한 구레나룻만 제외하고는 꽤나 말끔히 면도를 했던데요. 그 사람은 마치 배우 같은 느낌을 주더군요."

"배우라고요?" 그 순간 그로스 부인은 배우 같은 시늉을 전혀 하지 않았다.

"난 배우들을 본 적이 없지만 그들을 상상할 순 있어요. 그 사람은 키가 크고 활동적이며 몸이 꼿꼿했어요." 나는 말을 이었다. "하지만 절대로, 아니, 절대로! 신사는 아니었죠."

내가 이야기를 계속하자 부인의 얼굴이 창백해지고 말았다. 그녀의 둥근 두 눈이 움직였고, 부드러운 입이 크게 벌어졌다. "신사라고요?" 부인은 당황하여 숨을 헐떡거리며 넋을 잃었다. "그자가 신사라고요?"

"그렇다면 그 사람을 알아요?"

부인의 자제하는 모습이 눈에 띌 지경이었다. "그런데 잘생겼어요?"

나는 그녀를 돕는 법을 알았다. "놀랄 만큼요!"

"그리고 입고 있는 옷은요?"

"누군가의 옷을 걸쳤어요. 깔끔하긴 했지만 자기 옷은 아니더군요."

부인은 갑자기 숨이 막힌 듯 단언적인 신음을 뱉었다. "그건 주인님의 옷이에요!"

나는 다그쳐 물었다. "당신은 그 사람을 알아요?"

부인은 한순간 주저하다, "퀸트예요!"라고 외쳤다.

"퀸트라뇨?"

"피터 퀸트, 주인님이 이곳에 오셨을 때 데리고 있던 시종이었죠."

"그분이 언제 있었어요?"

부인은 여전히 입을 크게 벌리고 있었지만, 내 말에 대답하며 띄엄띄엄 말을 이었다. "그 사람은 모자를 쓰는 법이 없었는데 쓰고 있더군요. 그렇군요, 조끼 몇 벌이 없어졌거든요! 두 사람 모두 작년에 여기 있었죠. 그런 다음 주인님은 가시고, 퀸트 혼자 남았어요."

나는 이야기를 파악했지만 잠시 멈추었다. "혼자라뇨?"

"우리와 함께 있었던 거죠." 그런 다음 부인은 깊은 심연에서 나오듯, "집안일을 맡았어요."라고 말을 덧붙였다.

"그러고 나서 어떻게 되었나요?"

부인이 오랫동안 머뭇거렸기 때문에 난 더욱 어리둥절했다. "그 사람도 가 버렸어요." 마침내 부인이 말을 꺼냈다.

"어디로 갔나요?"

이 말을 듣고 부인의 표정이 몹시 이상해졌다. "누가 알겠어요! 죽었거든요."

"죽었다고요?" 나는 비명을 지를 뻔했다.

이 불가사의한 말을 꺼내며, 부인은 실제 마음을 가다듬고 자신을 더욱 단단히 추스리려는 듯이 보였다. "아무렴요. 퀸트 씨는 죽었다니까요."

6장

이제는 어쩔 수 없이 함께 지내야 할 유령의 존재로 말미암아 우리를 결속시킨 건 물론 이 같은 특별한 말이 아니었다. 그건 그토록 선명하게 확인된 세계의 환상에 사로잡힌 나의 끔찍한 습성을 내 동료가 놀라움과 동정심이 반쯤 섞인 채 알고 있음을 말한다. 오늘 저녁 한 시간이나 나를 그토록 실의에 빠지게 만든 고백이 있은 후, 우리들 각자에게는 어떤 의식도 안중에 없었고, 단지 눈물과 맹세와 기도와 약속이라는 조촐한 의식이 이어질 따름이었다. 이 의식은 우리가 함께 공부방으로 들어가 문을 잠그고 모든 걸 털어놓으며 곧장 서로 간의 맹세와 다짐을 잇따라 하는 데서 정점에 이르렀다. 모든 사실을 털어놓는다는 건 결과적으로 우리의 상황을 남김없이 파고들 뿐이었다. 그로스 부인 자신은 아무것도, 그야말로 그림자조차 보지 못했고, 이 집에서 가정 교사인 나를 제외하고 누구도 이런 곤경에 빠지지 않았다. 그래도 부인은 나의 이성을 대놓고 공박하는 법이 없이, 내가 말한 사실을 받아들였다. 이런 까닭에 부인은 마침내 겁에 질린 연약한 마음으로 극히 의심스러운 나의 특권을 인정한다는 표시를 보여 주었다. 내게는 이러한 연약한 마음의 숨결 자체가 참으로 감미로운 자비심에서 나온 것이라는 생각이 줄곧 남아 있었다.

그리하여 그날 저녁 우리 사이에 결정된 건 사태를 함께 견뎌나가야 한다는 생각이었다. 그리고 나와 달리 유령을 보지 못했던 그로스 부인은 자신이 더욱 큰 짐을 지게 되었는지 확신조차 하지 못했다. 생각해 보니 내 학생들을 보호하기 위해 대처할 수 있는 방법은 그 후에는 물론 그때에도 알고 있었다. 하지만 그토록 위태로운 계약을 계속 유지하기 위해 나의 정직한 동맹자가 무슨 준비를 해야 할지 완전히 확신하는 데는 다소 시간이 걸렸다. 나는 참으로 괴상한 동반자였지만, 내가 상대한 부인도 꽤나 괴이한 동반자였다. 그러나 함께 겪었던 체험을 기록하는 가운데, 나는 다행히도 우리를 안정시킬 수 있는 한 가지 생각에 얼마나 많은 공통점이 있는지 깨달았다. 이 생각은 곧 다음 행동으로 이어졌는데, 그로써 나는 공포의 밀실로부터 곧장 빠져나갈 수 있게 되었다. 나는 적어도 바깥에 나와 바람을 쐬며 그로스 부인과 함께 두려움을 나눌 수 있었다. 그날 밤 우리가 헤어지기 전, 알 수 없는 특별한 힘이 내게 다가왔음을 이제야 완벽히 기억할 수 있다. 우리는 내가 보았던 세세한 형상을 되풀이하여 검토했다.

"그 사람이 누군가를 찾고 있었다고 했죠. 선생님이 아닌 누군가를요?"

"어린 마일스를 찾고 있었어요." 불길하리만큼 선명한 생각이 이제야 나를 사로잡았다. "그게 그 사람이 찾고 있던 거였어요."

"하지만 어떻게 아세요?"

"알고말고요, 여부가 없는데요!" 나의 흥분이 고조되었다. "그리고 당신도 알잖아요!"

부인은 이 말을 부정하지 않았지만, 내 느낌으로 그 정도는 말할 필요조차 없었다. 아무튼 이윽고 부인이 말을 계속했다. "그 사람이 마일스를 본다면 어떻게 되죠?"

"어린 마일스를? 그 아일 노리고 있는걸요!"

부인은 다시 엄청나게 겁을 먹은 표정을 지었다. "어린아이를요?"

"이를 어쩌나! 그 인간이 아이들에게 다가가려고 해요." 그가 다가갈지도 모른다는 건 끔찍한 생각이었지만, 어떻든 나는 그걸 가로막을 수 있었다. 더욱이 우리가 거기서 머뭇거릴 동안 나는 이 생각을 실제로 입증하는 데 성공했다. 나는 이미 보았던 모습을 다시 볼 수 있다고 굳게 확신했다. 나의 내부에서 과감히 나 자신을 그런 체험의 유일한 주체로 삼아 모든 사태를 받아들이고 극복함으로써 속죄하는 희생양이 되어 주변 사람들의 평온을 지켜야 한다고 말하고 있었다. 특히 내가 보호막을 치고 반드시 구제해야 할 어린아이들을 위해 그래야 했다. 그날 저녁 그로스 부인에게 마지막으로 던진 한마디 말이 기억난다.

“내 아이들이 한 번도 그걸 언급하지 않았던 게 이상해요.”

내가 생각에 잠긴 채 일어서자 부인이 나를 유심히 보았다. “그 사람이 여기 있었다는 것과, 아이들이 그 사람과 함께 지냈던 시절 말인가요?”

“아이들이 그 사람과 함께 지냈던 시절이요. 그리고 그 사람의 이름과 존재와 내력 같은 거죠.”

“아, 꼬마 숙녀는 기억하지 못해요. 들은 적도, 안 적도 없으니까요.”

“그 사람이 죽었을 때의 상황 말인가요?” 나는 생각에 골몰했다. “아마도 모를 테죠. 하지만 마일스는 기억할걸요. 알고 있을 테니까요.”

“아이에겐 묻지 말아 주세요!” 그로스 부인이 부르짖었다.

나는 부인이 내게 던진 표정을 반사했다. “염려 마세요.” 나는 계속 생각에 잠겼다. “그게 좀 괴이하네요.”

“마일스가 그 사람 얘기를 한 적이 없다는 게요?”

“정말이지 한 번도 언급한 적이 없었어요. 그리고 당신이 내게 말했죠. 그들이 ‘절친한 친구’였다고.”

“아, 그건 그 사람이 아니었어요!” 그로스 부인이 강조하듯 외쳤다. “그건 퀸트 혼자의 망상인걸요. 아이를 희롱하고 망쳐 놓았으니.” 부인은 잠시 말을 멈추었다 덧붙였다. “퀸트는 정말 제멋대로 굴었거든요.”

이 말을 듣자 나는 얼핏 보았던 그 남자의 흉측한 얼굴이 떠올라 갑자기 구역질이 났다. “내 아이에게 제멋대로 굴었단 말이에요?"

"누구에게나 그랬죠!"

나는 잠시 이 설명을 더 분석하는 것을 보류하는 대신, 집안의 몇몇 식구에게나 아직도 우리의 작은 세계를 이루는 대여섯 명의 하녀와 남자들에게 그것이 부분적으로 통용된다고 생각했다. 그러나 다행한 건 누구의 기억에서든, 하인들의 동요를 불러일으킬 어떤 불유쾌한 전설이 이 오래된 처소와 연관되지 않았다는 사실은 우리가 가진 걱정거리에서 본다면 무척 힘이 되었다. 이곳은 어떤 악명도 없었고 나쁜 평판도 받지 않은 데다, 가장 명백한 건 그로스 부인이 단지 내게만 매달려 침묵 속에서 떨고 있다는 사실이었다. 한밤중에 부인이 밤 인사를 하려고 공부방의 문을 잡았을 때 나는 마지막으로 그녀의 마음을 떠보았다. "그럼 당신 말로 판단하건대, 그건 너무나 중요하니까요, 그 사람이 나쁘다는 게 의심할 나위 없이 공공연한 사실이었나요?"

"아, 공공연한 건 아니에요. 전 그걸 알았지만 주인님은 몰랐거든요."

"그럼 그분에게 말씀드린 적이 없었나요?"

"그럼요. 그분은 고자질을 싫어하신답니다. 불평은 질색이었으니까요. 그런 일이라면 무엇이든 질색하셨어요. 그리고 자신에게만 좋다면 그만이었죠."

"더 이상 상관하지 않았다는 건가요?" 이것은 내가 그분에게서 받은 인상과 딱 어울렸다. 그분은 성가신 일을 좋아하지도 않았고, 사귀는 친구에 대해 그다지 까다롭지도 않았을 테니까. 그래도 나는 상대방을 다그쳤다. "나라면 틀림없이 얘기했을 거예요!"

부인은 내가 판단력이 있음을 느꼈다. "제가 잘못했던 거죠. 하지만 정말 두려웠어요."

"무엇이 두려웠나요?"

"그 사람이 무슨 짓을 할지 몰라서죠. 퀸트는 무척 영리한 데다 속마음을 알 수 없었거든요."

나는 더 이상 무심한 체할 수 없었다. "그 밖에 다른 건 두렵지 않았나요? 그가 끼친 영향 같은 건?"

"영향이라뇨?" 부인은 고뇌에 찬 얼굴로 말을 반복하며, 내가 더듬거릴 동안 잠자코 있었다.

"순수하고 소중한 아이들의 삶에 끼친 영향이죠. 당신이 아이들을 돌보았잖아요."

"아니에요, 제가 돌보진 않았어요." 부인은 솔직하면서도 괴로운 듯이 대답했다. "주인님은 퀸트를 믿고서 이곳에 두셨죠. 그가 건강이 좋지 못한 데다 시골 공기가 몸에 좋으니까요. 그래서 그 사람은 무엇이든 말했어요. 아무렴요." 부인은 이 말을 실토했다. "심지어 아이들에 관한 일까지도 그랬죠."

"아이들이라고요, 그 인간이?" 나는 신음 소리를 억제해야 했다. "그럼 당신은 그걸 참을 수 있었단 말인가요!"

"아뇨, 그럴 순 없었죠. 지금도 마찬가지예요!" 그러자 불쌍하게도 부인이 울음을 터뜨렸다.

다음 날부터 내가 말했듯이 아이들에게 엄격한 통제가 뒤따랐다. 그러면서도 일주일 동안 우리는 얼마나 자주, 그리고 열정적으로 함께 그 문제로 되돌아갔던가! 일요일 밤 우리가 그 문제를 두고 꽤나 논의했음에도 불구하고, 그 직후 몇 시간 동안(내가 잠이 들었는지 아닌지 모르지만) 나는 여전히 부인이 내게 말하지 않았던 어두운 존재로 인해 시달렸다. 나 자신은 아무것도 숨기지 않았지만, 그로스 부인은 한마디 말을 숨겼던 것이다. 더욱이 아침이 되자 부인이 솔직하지 못해 숨긴 게 아니라, 공포가 집안 구석구석에 퍼졌기 때문이라고 확신하게 되었다. 실로 돌이켜 보건대 아침 해가 높이 떠오를 때까지 나는 초조한 나머지, 뒤이어 생긴 더욱 무서운 사건에서 밝혀진 거의 모든 의미를 우리 앞에 놓인 사실과 함께 나열했다. 이런 사실이 내게 던진 건 무엇보다 살아 있는 사람의 불길한 모습이었으며(죽은 사람은 잠시 제쳐 두고) 그가 블라이 저택에서 보낸 몇 달(합쳐 보면 굉장한 기간)동안 생긴 일에 관한 것이었다! 이 사악한 시간은 어느 겨울 새벽, 일을 나가던 일꾼이 마을로 뻗은 길 위에서 피터 퀸트가 돌처럼 죽어 있는 것을 발견했을 때 종말이 찾아왔다. 이 재앙은 적어도 표면상으로는 그의 머리에 있던 눈에 띄는 상처가 원인이었고, 그 상처는 술집에서 나오다 어둠 속에서 길을 잘못 들어, 얼음 깔린 가파른 비탈길에서 손을 쓸 겨를도 없이 미끄러져 바닥에 쓰러져 버린 모습에서(결국 따져보니 사실이었지만) 유추되었다. 실제로 수사와 무수한 입방아 끝에 모든 것이 해명되었지만, 한밤에 술에 취해 잘못 접어든 얼음 깔린 비탈길이 많은 사실을 밝혀 주었다. 하지만 이 남자의 삶에는 괴이한 행로와 위험, 남모르는 혼란과 의심할 여지없는 해악 같은 문제들이 있었고, 이것이 더욱 많은 사실을 설명할 수 있었다.

어떻게 이야기해야 내 정신 상태를 신뢰할 만하게 그릴 수 있을지 모르겠다. 하지만 이즈음 나는 상황이 내게 요구한 영웅심이 놀랍도록 솟구친 데서 생생한 환희를 맛보고 있었다. 이제 내가 맡은 일이 훌륭하고도 어려운 것임을 알았다. 그리고 다른 많은 여자들이 실패할 수도 있는 일을 내가 성공적으로 할 수 있다는 점을 돋보이게 하는 것이(바로 적절한 장소에서) 낫지 않겠는가! 나의 일을 막중하고도 단순하게 여긴다는 것이 엄청난 도움이 되었고, 돌이켜 보면 나 자신을 칭송하기까지 했다고 고백하련다! 나는 세상에서 가장 외롭고 사랑스러운 어린아이들을 보호하고 지켜 주기 위해 그곳에 있었으며, 아이들의 가련한 처지가 갑작스레 너무나 뚜렷이, 이들에게 헌신하려는 내 마음에 깊고 지속적인 아픔이 되었다. 우리는 실로 세상과 단절되어 함께 위험 속에 뭉치게 되었던 것이다. 아이들에겐 나밖에 없었고, 나에겐 그들만이 전부였다. 간단히 말해 그건 절호의 기회였고, 이 기회는 풍요로운 실체로 내 앞에 다가왔다. 나는 보호막이 되어 아이들 앞에 서야 하며, 내가 지켜볼수록 이들이 위험에 적게 노출되리라. 나는 긴장감을 억누르고 흥분을 감추며 아이들을 감시하기 시작했다. 이런 상태가 너무 오래 지속되었다면 아마도 미쳐 버렸을지 모른다. 지금 생각하니 나를 구제한 건 그런 상태가 전적으로 다른 뭔가로 바뀐 데 있었다. 긴장감은 지속되지 않았고 끔찍한 증거로 대체되었다. 그래, 증거라고 할 수 있지. 내가 사실을 파악한 순간부터.

그 순간이란 어느 날 오후 내가 우연히 어린 플로라와 함께 마당에서 시간을 보내던 때로 거슬러 간다. 우리는 마일스를 집 안에 남겨 두었고, 그는 창가에 놓인 붉은 쿠션 위에 앉아 있었다. 그는 책을 마저 읽으려 했고, 나는 결점이래야 이따금 지나치게 가만히 있지 못하는 것뿐인 아이에게 칭찬을 하게 되어 기뻤다. 반면에 그의 누이동생은 민첩하게 밖으로 나왔고, 나는 그늘을 찾아 반 시간가량 아이와 함께 거닐었다. 태양이 아직 높이 머물러 있어서 날이 무척 더웠기 때문이다. 나는 플로라와 걸어가면서 그 아이가 오빠와 마찬가지로(두 아이 모두 매력적이었다.) 나와 거리를 두지 않는 듯하면서도 나를 내버려 두고, 또한 주변을 맴돌지 않는 듯하면서도 나를 뒤따라온다는 사실을 새롭게 깨달았다. 아이들은 성가신 편도, 결코 무관심한 편도 아니었다. 아이들에 대한 나의 관심이란 자기들끼리 재미있게 놀도록 지켜보는 정도에 지나지 않았다. 아이들은 적극적으로 구경거리를 준비하는 듯했고, 나는 자발적으로 감탄자의 역할을 맡았던 것이다. 나는 아이들이 만든 세계 속에서 거닐었고, 아이들은 나의 세계에 조금도 의존하는 법이 없었다. 그러므로 나는 당장 아이들의 놀이에 필요한 유명 인물이나 물건 역할에만 시간을 할애하면 되었다. 그리고 이것은 단지 내가 아이들에게 갖는 우월하고도 우쭐한 기질 덕택에 즐겁고도 꽤나 특별한 역할이 되었다. 지금 언급한 경우에 내가 무슨 역할을 했는지는 기억나지 않는다. 나는 단지 뭔가 매우 중요하고 평온한 인물 역할을 했고, 플로라가 놀이에 몰두해 있었다는 것만 기억한다. 우리는 호수 가장자리에 있었고, 최근에 지리 공부를 했기 때문에 그 호수를 아조프해[6]로 부르게 되었다.

이런 상황에서 나는 갑자기 아조프해 건너편에 우리에게 관심을 가진 구경꾼이 있음을 알게 되었다. 내가 이 사실을 알게 된 방도는 참으로 괴이하기 짝이 없었지만, 그보다 더욱 괴이한 일은 이 과정이 재빨리 하나의 사실로 굳어졌다는 점이다. 내가 맡은 역할이 앉아서 할 수 있는 것이었기 때문에, 나는 호수를 굽어보는 낡은 돌 벤치에 앉아 뭔가 일을 하고 있었다. 그리고 이런 위치에서 나는 조금 떨어진 곳에 있던 다른 인물의 존재를 확실히(직접 본 건 아니었지만) 의식하기 시작했다. 고목과 우거진 관목이 넓고도 시원한 그늘을 만들었지만, 주변은 온통 뜨겁고 고요한 시간의 찬란한 빛으로 덮여 있었다. 어디에서도 애매한 모습은 있을 리 없었다. 눈을 들었을 때 바로 내 앞, 호수 건너편에서 무엇을 보게 되었는지에 대해 시시각각 굳어간 내 확신에 어떤 의심의 여지도 없었다. 이 순간 나는 몰두하고 있던 바느질에 눈길을 고정시켰다. 그리고 내가 무슨 행동을 할지 결정할 수 있도록 스스로 마음의 평정을 찾기까지 눈길을 옮기지 않으려고 경련하듯 애를 썼다. 시야에 낯선 물체가 나타나자, 나는 그 인물에게 그렇게 나타날 권리가 있는지 즉각 강렬한 의문을 품었다. 나는 당연히 근처에 있던 사람 가운데 한 명이거나, 심지어 마을에서 온 심부름꾼이거나 우편 배달부, 혹은 가게 아이가 나타난 거라고

---

6) 흑해 북쪽에 있는 바다.

스스로를 납득시키며 이러한 가능성을 모조리 따져 보았다. 이런 생각은 나의 실질적 확신에 별 영향을 주지 못했고, 방문객의 특징과 태도에 대해서도(그 모습을 보지 않고서도) 마찬가지였다. 이런 일들은 응당 자연스럽게 내 생각을 거부했음이 분명했다.

나는 내 용기가 제대로 발동하는 즉시 그 유령의 실체를 확인하려고 했다. 그사이 촉각을 곤두세우려고 애를 쓰면서, 나는 곧장 9미터가량 떨어져 있던 어린 플로라에게 시선을 옮겼다. 그 아이도 그것을 보았을까 하는 의문이 들자 내 심장은 놀라움과 공포로 한순간 멎어 버렸다. 그리고 나는 숨을 죽이며 아이로부터 무슨 고함이 들려오거나, 아니면 흥미로워하거나 놀란 나머지 갑작스레 내게 순진한 표시를 하지나 않을까 하고 기다렸다. 그러나 아무 소리도 들리지 않았다. 그러자 나는 맨 먼저(여기에는 내가 진술해야 하는 온갖 이야기보다 뭔가 더욱 무서운 것이 있다고 느낀다.) 일순간 아이로부터 온갖 소리가 이미 사라져 버렸다는 생각에 휩싸였다. 그리고 이와 동시에 아이가 놀다가 호수 쪽에 등을 돌리게 되었다. 이것은 내가 플로라를 마지막으로 보았을 때의 모습이었다. 나는 여전히 누군가의 따가운 주시를 받고 있다는 굳은 확신으로 아이를 보았다. 플로라는 우연히도 작은 구멍이 파인 작고 편편한 나뭇조각 하나를 집어 들고, 다른 나뭇조각 하나를 그 구멍에다 집어넣어 돛대로 삼아, 그것을 배로 만들려는 생각이 떠오른 듯했다. 내가 지켜보니 플로라는 이 두 번째 나뭇조각을 그 자리에 넣으려고 끙끙대며 정말 놀랍도록 애를 쓰고 있었다. 아이가 무슨 일을 하고 있는지 알게 되자 나는 마음이 가라앉아 잠시 후 다음 일에 대처할 수 있다고 느꼈다. 그런 다음 나는 다시 눈길을 옮겨 내가 마주쳐야 하는 존재와 대면했다.

7장

이 일이 있고 난 후 나는 가급적 재빨리 그로스 부인에게 연락을 취했고, 그사이를 내가 어떻게 견뎠는지 조리 있게 설명할 수 없다. 하지만 그로스 부인의 팔에 몸을 던질 찰나 내가 터뜨린 울음소리가 아직도 귀에 쟁쟁하다. "그 애들이 알고 있어요. 너무나 무서워요. 그 애들이 다 알고 있는걸요!"

"대체 무엇을요?" 부인이 의심스러운 눈길로 나를 잡았다.

"정말이지 우리가 아는 걸 죄다 알고 있어요. 그 밖에 무엇을 알고 있는지 누가 알겠어요." 이윽고 부인의 팔에서 풀려나며 나는 이제야 자신도 이해할 수 있을 만큼 충분히 조리 있게 설명을 반복했다. "두 시간 전 정원에서(나는 간신히 말했다.) 플로라가 보았거든요!"

그로스 부인은 복부에 일격을 맞기라도 한 듯 이 말을 들었다. “선생님에게 그렇게 말했나요?” 그녀는 숨을 헐떡거렸다.

“한마디도 하지 않았어요. 그게 더 무서운 거죠. 혼자서만 알고 있거든요! 여덟 살밖에 안 된 아이가 말이에요!” 나는 기가 막혀 말을 할 수 없었다.

물론 그로스 부인도 입만 더욱 크게 벌릴 따름이었다. “그렇다면 선생님은 어떻게 알았죠?”

“난 거기 있었어요. 내 눈으로 보았으니까요. 플로라가 완벽히 알고 있다는걸요.”

“그 남자를 알고 있다는 건가요?”

“아뇨, 그 여자를.” 나는 이 말을 하면서 놀라는 것을 보았다. 내 동료의 얼굴에 그들의 모습이 서서히 투영되고 있었던 것이다. “다른 사람이에요, 이번에는. 하지만 틀림없이 꽤나 무섭고 사악한 형상이었죠. 검은 옷을 입은 창백하고 음험한 여자였거든요. 그런 태도에다 그런 얼굴을 하다니! 호수 건너편에서요. 난 아이와 함께 거기 있었죠. 한동안 가만히 있다가 그 여자가 나타났으니까요.”

“어떻게 나타났어요, 어디에서요?”

“나타난 데서죠! 그 여자가 금방 모습을 드러내고 거기 서 있었거든요. 하지만 그다지 가깝진 않았어요.”

“그럼 더욱 가까이 다가오진 않았나요?”

“하지만 충격과 감정의 변화로 따진다면 당신만큼 가까이 있었던 셈이죠.”

나의 친구는 괴상한 충동으로 한 걸음 물러섰다. “선생님이 한번도 본 적이 없는 사람이었어요?”

"그럼요. 하지만 플로라가 알고 있던 사람이에요. 당신도 알던 사람이죠." 그런 다음 이 모든 것을 내가 어떻게 생각했는지 보여 주려고 입을 열었다. "내 전임자였던 죽은 가정 교사였어요."

"제셀 양 말이에요?"

"그럼요. 당신은 내 말을 믿지 않겠죠?" 나는 다그쳤다.

부인은 당황하여 좌우를 두리번거렸다. "어떻게 확신할 수 있어요?"

신경이 곤두선 나는 순간적으로 이 말에 안절부절못했다. '그렇다면 플로라에게 물어봐요. 그 애는 확신할 테니까!' 그러나 이렇게 말하려다 나는 금방 자신을 억제했다. "아니, 제발 묻진 마세요! 모른다고 대답할 거예요. 거짓말을 할 텐데!"

그로스 부인은 본능적으로 그다지 어리둥절해하지 않고 대꾸했다. "어떻게 그럴 수가 있어요?"

"난 전부 알고 있으니까요. 플로라는 내가 알기를 바라지 않거든요."

"그건 단지 선생님에게 성가시게 굴지 않으려는 거겠죠."

"아니, 그렇진 않아요. 정말 깊은 내막이 있는 거예요! 그걸 파고들어 그 속에서 더욱 많은 걸 알게 될수록 난 더욱 두려워요. 내가 보지 않고, 두려워하지 않는 건 상관없어요!"

그로스 부인은 나와 보조를 맞추려고 했다. "선생님이 그 여자를 다시 만나게 되는 걸 두려워하는 건가요?"

"천만에, 그건 아무것도 아니에요, 지금은!" 그런 다음 나는 설명했다. "그 여자를 보지 않는 편이 두려운 거죠."

하지만 그로스 부인의 표정은 창백할 뿐이었다. "전 선생님을 이해할 수 없군요."

"어쩌나, 플로라가 모른 체할 수도 있다는 거예요. 그 아인 틀림없이 그렇게 할 테고. 내가 그걸 알지도 못한 사이에요."

이런 가능성을 떠올리며 그로스 부인은 잠시 움츠렸지만, 이윽고 우리가 한 치라도 물러선다면 정말 굴복하게 되고 말 것임을 느낀 듯 다시 자신을 가다듬었다. "그럼요, 그럼요, 우린 정신을 똑똑히 차려야 돼요! 결국 아가씨가 상관하지 않더라도!" 부인은 소름 끼치는 농담까지 했다. "아마도 아가씨가 그걸 좋아하겠죠."

"그런 짓거리를 좋아한다고요, 그런 조그만 아이가!"

"그게 바로 아이가 축복을 받을 만큼 순진하다는 증거가 되지 않겠어요?" 내 친구는 용감하게 물었다.

나는 이 순간 그녀의 의견에 동의할 뻔했다. "그럼 우리는 그 생각을 고수하고, 거기 매달려야 해요! 만일 그게 당신이 말한 증거가 안 된다고 하더라도 뭔가 다른 증거는 될 테니까요. 그게 뭔지는 누구도 모르겠지만! 어쨌든 그 여자는 말할 수 없을 만큼 끔찍해요."

그로스 부인은 이 말을 듣고 잠시 바닥을 응시하다 마침내 눈을 들며 말했다. "선생님이 어떻게 알게 되었는지 말해 주세요."

"그렇다면 그 사람이 바로 이전 가정 교사였다는 걸 당신이 인정한다는 건가요?" 나는 소리쳤다.

"어떻게 알게 되었는지 말해 주세요." 내 친구는 말을 되풀이할 뿐이었다.

"어떻게 알게 되었느냐고요! 그 여자를 보았기 때문이죠! 그 여자의 모습에서요!"

"선생님에게 그렇게 사악하게 보였단 말인가요?"

"들어 봐요, 그렇진 않아요. 난 그걸 참을 수도 있었어요. 그 여자는 한 번도 나를 쳐다보지 않았거든요. 단지 아이만 응시했으니까."

그로스 부인은 의미를 파악하려고 했다. "아이를 응시했다고요?"

"그럼요, 너무나 무서운 눈으로요!"

부인은 내 눈이 실제 유령의 눈과 닮기라도 한 것처럼 빤히 들여다보았다. "혐오가 담긴 그런 눈빛이었어요?"

"아니, 정말이지, 뭔가 더욱 불길했어요."

"혐오보다 더욱 불길하다고요?" 이 말이 정말 부인을 당황하게 만들었다.

"확고한 태도를 가졌어요, 표현할 순 없지만. 의도가 담긴 분노라고 할까요."

나는 부인을 기겁하게 만들었다. "의도라뇨?"

"플로라를 장악하려는 거죠." 그로스 부인은 눈빛을 그대로 내 눈 위에 머물게 한 채 몸을 한번 치떨고 창문 쪽으로 걸어갔다. 그리고 그녀가 거기 서서 밖을 바라보는 동안 나는 결론을 맺었다. "그걸 플로라가 안다는 거예요."

잠시 후 부인은 몸을 돌렸다. "그 사람이 검은 옷을 입고 있었다고 했나요?"

"상복을 입고 있었어요. 다소 빈약하고 초라하던데. 하지만 정말이지 굉장한 미모를 가졌더군요." 나는 내 비밀을 들어 준 사람을 마침내 어느 지경까지 몰고 갔는지 이제야 깨달았다. 부인이 이 말을 곰곰이 생각하는 모습이 역력했기 때문이다. "아, 보기 좋은 용모였어요, 정말이고말고요." 나는 주장했다. "굉장한 용모였죠. 하지만 품위는 없었어요."

그로스 부인은 천천히 내게 돌아왔다. "제셀 양은 품위가 없었어요." 부인은 다시 한번 자신의 두 손으로 내 손을 잡고, 이런 폭로가 나를 더욱 놀라게 할지도 모른다는 염려에서 내 손을 꼭 잡았다. "둘 다 품위가 없었죠." 이윽고 부인이 입을 열었다.

그래서 우리는 잠시 다시 한번 이 사실을 직시했다. 나는 사태를 곧장 파악하는 데 상당한 도움을 받았다. "감사해요." 내가 말했다. "지금까지 당신이 그걸 말하지 않았던 건 정말 친절한 처사였어요. 하지만 이제 모든 걸 내게 이야기할 때가 확실히 다가왔어요." 부인은 이 말에 동의하는 듯이 보였지만 아직도 잠자코 있을 뿐이었다. 그 모습을 보고 내가 말을 이었다. "이제 말해 줘요. 그 여자가 왜 죽었나요? 자, 그들 사이에 무슨 일이 있었던 거죠."

"온갖 일이 있었죠."

"신분이 달랐는데도요?"

"신분과 조건이 달랐죠." 부인은 슬픈 듯이 뇌까렸다. "그 여잔 숙녀였거든요."

이 말을 곰곰이 생각하자 나는 수긍되는 점이 없지 않았다.

"그래요, 숙녀였겠죠."

"그런데 그 남자는 형편없는 작자였어요." 그로스 부인이 말했다.

나는 그런 관계에서 하인의 신분에 대하여 지나치게 다그칠 필요가 없다고 분명히 느꼈지만, 부인 자신이 내 전임자를 폄하하는 것을 거부할 여지는 전혀 없었다. 그런 문제를 다룰 방도가 있었고, 난 그렇게 했다. 그 증거로 우리의 고용주가 부린 영리하고 잘생긴 과거의 하인(뻔뻔스럽고 당당하고 타락한 남자)을 머릿속에 보다 쉽게 완전히 떠올려보았다. "그 사람이 비열한 작자였군요."

그로스 부인은 마치 미묘한 차이를 식별해야만 한다는 듯이 숙고했다. "전 그런 남자를 본 적이 없어요. 마음대로 했거든요."

"그 여자에게요?"

"그들 모두에게요."

지금 그로스 부인의 눈에 제셀 양의 모습이 다시 나타난 듯이 보였다. 아무튼 순간적으로 나는 호숫가에서 그 여자를 본 것처럼 선명하게 가정 교사의 환영을 보는 느낌이었다. 그러고 나서 과감하게 말했다. "그 여자도 원했던 게 틀림없어요!"

그로스 부인의 표정이 정말 그랬다는 빛을 띠었지만, 이와 동시에 그녀는 이렇게 대답했다. "가엾은 여자였어요. 죗값을 치렀지만!"

"그렇다면 무엇 때문에 죽었는지 당신은 알겠군요?" 나는 물었다.

"아뇨, 아무것도 몰라요. 알고 싶지도 않고. 알지 못한 게 다행이었죠. 게다가 그 여자가 이 일에서 멀찌감치 벗어난 걸 감사하거든요."

"하지만 그땐 알고 있었겠죠."

"그 여자가 떠난 실제 이유 말인가요? 아, 그럼요, 그 일이라면. 그 여자는 머무를 수 없었어요. 생각해 보세요, 가정 교사로! 그 후 전 생각해 봤죠. 물론 아직도 생각하지만, 제가 상상한 건 두려운 일이었어요."

"내가 상상한 것만큼 두렵진 않겠죠." 나는 대답했다. 그리고 대답하는 가운데 나는 무참한 패배의 표정을(정말 분명히 의식했지만) 부인에게 보여 주었음에 틀림없다. 이것은 다시금 나에 대한 부인의 모든 동정심을 유발했고, 그녀의 포근함이 새롭게 다가오자 나의 저항력이 무너지고 말았다. 지난번 부인을 울렸던 나는 갑자기 울음을 터뜨렸다. 부인이 어머니 같은 가슴에 나를 안자, 나는 한없이 울었다. "난 이 일을 못 하겠어요!" 나는 절망에 싸여 흐느꼈다. "난 그 애들을 구제하거나 보호할 수 없어요. 내가 생각했던 것보다 훨씬 지독해요. 그 애들은 가망이 없어요!"

8장

그로스 부인에게 말했던 건 사실이었다. 나는 용기의 부족으로 말미암아 부인 앞에서 문제를 깊이 있게 충분히 파고들지 못했던 것이다. 그래서 혼란스러운 심정으로 다시 만났을 때 우리는 지나친 환상에 저항할 의무가 있다는 데 공감하였다. 어떤 일이 있더라도 냉정함을 유지해야 하기 때문이었다. 우리가 겪은 엄청난 경험에서 보건대 어떤 문제에 봉착했는지 의심할 여지가 없었기에, 이건 그야말로 어려운 일이 되었다. 그날 밤늦게 온 집안이 잠들어 있을 동안, 우리는 다시 내 방에서 이야기를 나누었다. 부인은 그제야 내가 보았던 것이 의심할 여지없이 사실이었다는 데 전적으로 동의했다. 부인의 생각이 전혀 흔들리지 않게 하기 위해 내가 만일 그 일을 '날조'했다면, 나한테 나타났던 사람들 하나하나에 대하여 어떻게 그들의 특징까지(내가 그들의 모습을 말하자 부인은 그게 누구인지 금방 알아채고 그들의 이름을 댔다.) 자세히 그려 낼 수 있었겠는가. 물론 부인은(그럴 만도 했다.) 문제를 모두 덮어 버리고 싶었을 것이다! 그리고 나는 이제 이 문제로부터 재빨리 빠져나갈 방도를 찾는 데 심혈을 기울이겠다고 부인을 납득시켰다. 사건이 거듭되면서(우리는 당연히 그렇다고 여겼다.) 내가 위험에 노출되는 것이 갑자기 조금도 불안하지 않게 되었다고 분명히 고백하고, 나는 위험에 익숙해져야 한다는 점을 내세워 부인을 다그쳤다. 견딜 수 없는 건 나의 새로운 의구심이었지만, 이처럼 사태가 복잡해짐에도 불구하고 밤이 깊어지자 내 마음은 다소 평온했다.

첫 번째 소동을 겪은 후 나는 부인을 떠나자마자 응당 아이들 곁으로 돌아왔다. 나는 아이들이 가진 마력을 느끼는 것을 우울한 심증을 치료할 올바른 해법으로 여겼으며, 그 마력은 내가 적극적으로 함양할 수 있고, 또한 여태껏 실패한 적도 없었다. 다시 말해 나는 단지 플로라와 새로이 특별한 교제를 하는 셈이었고, 그 아이가 의식적으로 자신의 작은 손을 곧장 상처에 댈 수 있다는 것도(이건 사치나 다름없었다.) 알았다! 플로라는 달콤한 생각에 잠겨 나를 바라보다, 내가 "울었다."고 대놓고 질책했다. 나는 추한 흔적을 말끔히 씻었다고 생각했지만, 너무나 깊고 따뜻한 마음으로 정말(아무튼 얼마간) 기쁨에 겨운 나머지 눈물 자국이 완전히 사라지지 않았던 것이다. 플로라의 파란 눈을 깊이 들여다보며 그 사랑스러움이 잔꾀를 감추고 있다고 말하는 건 빈정거림이 되리라. 그보다 차라리 자연스럽게 내 판단과 함께 가능한 마음의 동요를 철회하기로 했다. 단지 그런 심정 때문에 철회할 수 없는 노릇이었지만, 나는 그로스 부인에게(그곳에서 한밤중에 내가 되풀이하여 말했듯이) 아이들의 목소리가 귓가에 감돌고, 그들의 존재를 가슴에 느껴 향기로운 얼굴이 뺨에 부딪치게 되면, 모든 일이 정화되어 단지 가련한 아름다움만 남게 된다고 반복하여 말할 수 있었다. 나는 이 일을 매듭짓기 위해 오후의 호숫가에서 믿을 수 없을 만큼 침착한 태도를 보였던 미묘한 행동을 다시 그대로 해야 한다는 것이 괴로웠다. 물론 그 순간의 확신 자체를 다시 조명하고, 그때 나를 놀라게 했던 유령과 아이의 엄청난 교류가 그들 각자에게 습관이 되었다는 것이 어떻게 하나의 계시처럼 내게 떠올랐는지 거듭 생각해야 한다는 점도 괴로웠다. 심지어 내가 실제로 그로스 부인을 직접 보듯 어린 소녀가 유령을 보았고, 또한 바로 그렇게 유령을 보면서도 나로 하여금 자기가 보지 못했다고 추측하게 만들기 위해 어떤 내색도 하지 않고, 심지어 내가 어린 소녀가 유령을 보았는지 아닌지 추측하려고 했다는 것을 의심조차 하지 않았던 이유를 떨리는 목소리로 다시 말하는 것도 괴로웠다! 더욱이 나의 관심을 돌리기 위하여 플로라가 취한 깜찍한 행위(일부러 이리저리 움직이고, 놀이에 더욱 열중하며, 노래하고 허튼소리를 지껄이며 함께 놀자고 손짓하는 따위)를 다시 한번 묘사할 필요가 있다는 것도 여간 괴롭지 않았다.

그래도 사태가 대수롭지 않다는 것을 입증하기 위해 내가 이처럼 생각에 골몰하지 않았더라면, 아직도 남아 있는 몇 가지 희미한 위안거리를 놓치고 말았으리라. 확신하건대 나는 그로스 부인에게 조금도 내색하지 않았다고(그만큼 다행스러웠지만) 단언할 수도 없으리라. 나는 필요에 의해서든 절망적인 심정에서든(이것을 뭐라고 말해야 할지 모르겠지만) 내 동료를 궁지에 몰아넣다시피 하여 생겨난 판단에서 위안을 더 얻으려고 하지 말았어야 했다. 부인은 내 추궁을 받고 차츰차츰 상당한 이야기를 했지만, 아직도 풀리지 않은 의혹이 박쥐 날개처럼 이따금 내 이마를 스쳐 갔다. 그리하여 나는 온 집 안이 잠들고, 우리의 위험과 더불어 경계심도 더욱 깊어져 상황이 유리하게 되자 숨긴 게 뭔지를 마지막으로 캐낼 필요성을 느꼈다. 그 당시 나는, "그토록 끔찍한 일은 도무지 믿을 수가 없어요."라고 말했으리라. "아니, 분명히 말해 난 그걸 믿지 않아요. 하지만 만일 사실이라면 이제 요구할 게 있어요. 조금도 빼놓지 말고, 하나도 빼지 말고, 어서요. 당신이 알고 있는 걸 말하세요! 마일스가 돌아오기 전에 학교에서 편지가 왔을 때, 우리가 곤혹스럽게 되자, 내 추궁을 받고서 당신이 그 아이가 한번도 '나쁜 짓'을 한 적이 없었던 건 아니라고 말했던 건 대체 무슨 뜻이죠? 내가 마일스와 함께 지내며 세심히 관찰한 최근 몇 주일 동안 그 아이는 나쁜 짓을 '저질러 본' 적이 없었어요. 유쾌하고 사랑스럽고 착하기 그지없는 침착한 꼬마 천재였으니까요. 그러니 실제 발생한 예외적인 일을 목격하지 않았더라면, 당신은 아이가 절대로 나쁜 짓을 저지른 적이 없다고 주장했을 거예요. 그 예외란 무엇이며, 당신이 그 아이를 몸소 지켜보며 어떤 일을 겪었던 거죠?"

이건 무섭고도 준엄한 추궁이었지만 경솔한 어조는 없었다. 아무튼 어슴푸레한 새벽이 우리를 갈라 놓기 전에 나는 대답을 얻었다. 부인이 품고 있던 생각은 내 생각과 기막히게 들어맞았다. 그 대답은 바로 몇 달 동안 퀸트와 마일스가 줄곧 함께 있었다는 사실이었다. 부인은 용기를 내어 그토록 친밀한 관계가 몰염치하고 부적절했으며, 나아가 그 문제에 관하여 제셀 양과 의논까지 했을 만큼 실로 엄연한 사실이었다고 말했다. 제셀 양이 매우 고자세로 부인에게 자기 일에나 전념하라고 명령하자, 착한 부인은 곧장 어린 마일스에게 접근했다는 것이다. 내가 다그치자 부인은 마일스에게 어린 신사가 자기 신분을 망각하지 않으면 좋겠노라고 했다는 것이다.

물론 이 말을 듣고 나는 다시 다그쳤다. "당신은 퀸트가 비천한 하인에 불과하다고 마일스에게 주의를 주었나요?"

"선생님도 그렇게 말했을 거예요! 그런데 한 가지만 덧붙인다면 마일스의 대답이 신통하지 못했어요."

"그렇다면 다른 건요?" 나는 대답을 기다렸다. "당신 말을 퀸트에게 옮겼을까요?"

"아뇨, 그건 아니에요. 그런 짓은 하지 않았을 거예요!" 부인은 아직도 내 마음을 흔들었다. "아무튼 전 확신해요." 부인이 말을 덧붙였다. "마일스가 그런 짓을 하지 않았다는걸요. 하지만 어떤 경우는 부정하고 있어요."

"무슨 경우죠?"

"마치 퀸트가 그 아이의 가정 교사인 양 정말로 당당하게 둘이서 함께 시간을 보냈고, 제셀 양이 플로라만 돌보고 있던 때였죠. 마일스가 그 작자와 함께 어디론가 가서 한참 시간을 보냈던 때를 말해요."

"그럼 그 아이가 그 일에 대하여 발 을 하며 그런 일이 없었다고 대답했나요?" 이 말에 부인이 너무나 분명히 동조했기 때문에 나는 곧장 말을 이었다. "알았어요. 마일스가 거짓말을 했군요."

"그래요!" 그로스 부인이 중얼거렸다. 이 말은 그것이 문제가 되지 않는다는 암시였고, 부인은 다음 말로써 확실하게 못박았다. "결국 제셀 양은 그런 일에 관심을 두지 않았죠. 마일스를 가로막지 않았거든요."

나는 곰곰이 생각했다. "제셀 양이 가로막지 않은 걸 마일스가 자신의 행동에 대한 핑계로 삼았나요?"

이 말에 부인은 다시 고개를 떨구었다. "아뇨, 그 아이가 그렇게 말한 적은 없었어요."

"퀸트와 관련하여 그 여자를 언급한 적이 전혀 없었나요?"

부인은 눈에 띌 만큼 얼굴을 붉히며 내가 어느 방향으로 대화를 유도하는지 알아챘다.

"글쎄요, 마일스는 어떤 모습도 보여 주지 않았어요. 그걸 거부했으니까요." 부인은 거듭 말을 반복했다. "거부했거든요."

정말이지, 나는 지금 부인을 다그치고 있었다! "그래서 당신은 두 악당 사이에 무슨 일이 있었는지 마일스가 알고 있다는 걸 눈치챌 수 있었나요?"

"몰라요. 정말로!" 가련한 여자는 신음하듯 말했다.

"당신은 알고 있어요, 그렇죠?" 나는 대꾸했다. "나만큼 지독한 용기가 없을 따름이에요. 그리고 소심하고 겸손하며 예민한 탓에 과거 내 도움 없이 침묵 속에서 허우적거릴 때, 당신을 몹시도 괴롭혔던 느낌마저 멀리하고 있으니까요. 하지만 난 당신한테서 그걸 찾아내겠어요!" 나는 말을 이었다. "그 아이가 그들의 관계를 감추는 것을 당신한테 암시한 데는 뭔가 이유가 있으니까요."

"아이가 알고 있을까요?"

"당신이 사실을 알고 있다는 걸 말이죠? 그건 분명해요! 하지만, 어쩌나." 나는 깊이 생각에 잠겼다. "그건 그들이 마일스를 그 지경까지 몰고 가는 데 틀림없이 성공했다는 걸 보여 주거든요!"

"이젠 애매한 구석이 하나도 없군요!" 부인이 처량하게 호소했다.

"학교에서 온 편지를 언급했을 때," 나는 주장을 굽히지 않았다. "당신이 기괴한 표정을 지은 건 당연해요."

"선생님만큼 기괴한 표정이었는지 모르겠네요!" 부인이 친근하게 대답했다. "그렇다면 그 편지가 암시하듯 마일스가 당시 그토록 나쁜 아이였다면, 지금은 어째서 천사가 되었을까요?"

"정말 그래요. 그런데 학교에서 악마라고 했다면 대체 어째서 그랬을까요? 글쎄요," 나는 고통스럽게 말했다. "당신은 이 일을 다시 내게 맡겨야 해요. 다시 내게만 맡기세요!" 나는 내 친구의 눈이 휘둥그레질 만큼 소리쳤다. "내겐 당분간 자제력을 잃지 말아야 할 지침들이 있답니다." 이윽고 나는 부인이 처음 꺼냈던(그녀가 조금 전에 언급한 내용이었다.) 마일스가 가 끔찍 못된 짓을 할 수 있는 뛰어난 능력을 가졌다는 말로 되돌아갔다. "만일 퀸트가…… 당신이 말했던 그 당시, 당신의 항의처럼, 비천한 작자였다면, 내 짐작에 마일스는 당신도 마찬가지였다고 생각했겠죠." 부인이 다시 순순히 수긍하자 나는 말을 이었다. "그래서 그 점을 용서했나요?"

"선생님 같으면 하지 않았겠어요?"

"아, 그럼요!" 우리는 정적 속에서 괴상하기 그지없는 즐거운 소리를 주고받았다. 그러고 나서 나는 말을 계속했다. "어쨌든 마일스가 그 작자와 함께 있는 동안……."

"플로라 아가씨는 그 여자와 함께 있었죠. 그래야 그들 모두에게 흡족했을 테니까요!"

그건 내게도 몹시 흡족했다. 다시 말해 그건 나 자신이 생각하지 않으려 경계하던 바로 그 행위에 담긴 끔찍한 견해에 그대로 부합했다. 하지만 지금까지 나는 이런 견해를 겉으로 드러내는 것을 잘 억제해 왔으며, 여기에도 그로스 부인에게 마지막으로 던진 몇 마디만 적어 둘 작정이다.

"거짓말을 했다든가 건방지게 굴었다든가 하는 것만으로는 별 소용이 없군요. 마일스의 성격을 다소간 짐작할 수 있도록 당신한테 좀 더 들을 거라고 생각했는데요." 나는 생각에 잠겼다. "그래도 도움은 되었어요. 그 아이를 더 감시해야 한다는 게 더욱 분명해졌으니 말이에요."

다음 순간 나는 부인의 얼굴에 마일스를 용서하고 있다는 표정이 뚜렷이 나타난 것을 보고 얼굴을 붉혔다. 마일스에 관한 이야기를 하고 있을 때에도 그녀는 아이에게 부드럽게 대해 달라고 호소하고 있었던 것이다. 공부방 입구에서 내가 이렇게 말했을 때 부인의 태도는 더욱 분명했다.

"선생님, 도련님을 나무라진 않겠죠?"

"내게 무엇을 숨긴 채 그 사람들과 사귀고 있다는 거 말이에요? 안심해요. 확실한 증거가 드러날 때까지는 아무도 나무라지 않을 테니까요." 그리고 부인이 문을 닫고 자기 방으로 가버리기 전에, 나는 마지막으로 덧붙였다.

"잠자코 기다려야겠죠."

9장

나는 마냥 기다렸고, 날짜가 지날수록 내 공포는 줄어들었다. 사실 새로운 사건이 일어나지 않은 채 아이들을 계속 지켜보며 며칠을 보내니, 음울한 환상과 추악한 기억조차 걸레질하듯 닦아 버리기에 충분했다. 천진난만한 아이들의 마력에 빠져드는 것이야말로 나 자신이 적극 함양할 수 있는 성질이라고 말하지 않았던가. 또한 이러한 마음의 원천이 무엇을 제공하든, 이제 그 문제에 전념하기를 게을리 했다고 생각할 수 있으리라. 분명히 내가 표현할 수 있는 것보다 더욱 기묘한 건, 내가 알게 된 새로운 사실들을 억누르려는 노력이었다. 만일 아이들에게 매혹되는 일이 그처럼 자주 성공을 거두지 않았더라면 틀림없이 긴장이 더욱 컸으리라. 나는 이따금 내가 보살피는 아이들에 관하여 이상한 일들을 생각한다는 사실을 그들이 짐작하지 못하는지 궁금증을 품었다. 그리고 이런 일들로 아이들에게 더욱 흥미를 느끼게 된 상황 자체가 아이들이 눈치채지 않도록 하는 데 직접적인 도움이 되지 않았다. 나는 아이들이 생각할 수 없을 정도로 엄청난 관심을 받고 있다는 사실을 알아채지 못하도록 몸을 도사렸다. 아무튼 최악의 경우, 혼자서 생각했듯이, 아이들의 천진난만함을 조금이라도 흐리게 한다는 건 더욱 위험을 무릅쓰게 되는 이유가(아이들의 탓도 아니고, 예정된 운명이라고 하더라도) 될 따름이었다. 억누를 수 없는 충동으로 나는 자신도 모르게 아이들을 번쩍 들어 가슴에 꼭 껴안곤 했다. 그렇게 하는 순간 난 중얼거리곤 했다. '아이들이 어떻게 생각할까? 너무 많은 걸 드러내는 게 아닐까?' 내가 얼마만큼 속내를 드러내도 좋을지 슬프고 복잡한 생각에 빠져들기란 쉬운 노릇이었다. 그러나 어린 친구들의 노골적인 매력이 계산적일지 모른다는 생각이 여전히 그림자처럼 뒤덮여, 내가 아직도 누릴 수 있는 눈앞의 평화는 기만으로 느껴졌다. 아이들에게 쏟는 나의 열정이 더욱 날카롭게 표출되어 이따금 의심을 유발할 수 있다는 생각과 마찬가지로, 아이들도 눈에 띌 만큼 자신들의 애정 표시를 더해 간다는 데 야릇함이 있었는지도 모른다.

이즈음 아이들은 지나칠 만큼 불가사의하게 나를 좋아했고, 그것은 결국 내가 늘 허리를 굽혀 안아 준 아이들로부터 나타난 우아한 반응에 지나지 않는다고 간주할 수 있다. 사실인즉 아이들이 아낌없이 퍼붓는 존경심은 내 용기에 대하여 승리를 거두었다. 마치 아이들이 목적의식을 가지고 그렇게 행동한다는 사실을 나 스스로 간파하겠다고 한 적이 없는 듯했다. 생각해 보면 아이들이 자신들의 가련한 가정 교사를 위해 실제로 많은 걸 하려고 한 적은 없었다. 내 말은 아이들이(학업이 날로 향상되어 자연스럽게 나를 무척이나 기쁘게 만들었다.) 나를 위로하고, 즐겁게 하며, 놀라게 했다는 뜻이다. 아이들은 내게 책의 구절을 읽어 주고, 이야기를 하며, 몸짓 놀이를 하다가, 동물이나 역사에 나오는 인물로 변장하여 와락 덤벼들기도 하고, 무엇보다 자신들이 몰래 외워 줄줄 암송할 수 있는 '문학 작품 구절'로 나를 놀라게 만들었다. 지금 내가 아무리 발버둥친다고 하더라도, 그 당시 아이들이 누렸던 찬란한 시간을 더욱 돋보이게 만들 거대한 분량의 사사로운 해설(이 모든 것에는 여전히 더욱 많은 이러저러한 수정이 가해졌다.)에 미치기에는 턱없이 부족할 것이다. 아이들은 모든 것을 쉽게 배우는 타고난 능력을 보여 주었고, 그 재능이란 전체적으로 새롭게 시작할 때 뛰어난 성취를 거두게끔 되어 있었다. 아이들은 마치 그 재능을 사랑하듯 깜찍한 솜씨를 지녔고, 타고난 재능을 조금만 발휘해도 놀라운 기억력이 마음대로 구사되었다. 아이들은 호랑이나 로마 사람들로 분장하여 갑자기 내 앞에 등장하는가 하면, 셰익스피어의 인물이나 천문학자, 그리고 항해사로 나타나기도 했다. 이건 너무나 진기한 경우였기 때문에, 지금 내가 달리 설명하기 곤란한 사실과 어떤 연관이 있을지 모른다. 그 사실이란 바로 마일스가 학교를 바꾸는 문제에 내가 이상스럽게도 침착했음을 말한다. 내 기억으로 얼마 동안 그 의문을 들추지 않고 나대로 만족하였지만, 그런 만족이란 마일스가 늘 보여 준 남다른 총명함을 인식한 데서 비롯되었음에 틀림없다. 그 아이는 목사의 딸인, 좋지 못한 가정 교사가 망쳐 버리기에는 너무나 총명했던 것이다. 그리고 방금 내가 언급한 깊은 상념 가운데 가장 밝지는 않을지라도 가장 괴이한 구석은(감히 그 생각을 드러내야 한다면) 그 아이의 조출한 지적인 삶을 가공(加工)할 요인으로 어떤 영향력이 작용하고 있다는 인상이었다.

하지만 만일 그런 소년이 학업을 미룰 수 있다고 생각하는 것이 쉽다면, 적어도 그 소년이 교장으로부터 '쫓겨났다'는 게 더없이 불가사의했다. 말을 덧붙인다면, 나는 그들 곁을 절대로 벗어나지 않고 그 아이들과 함께 지냈지만 별다른 낌새를 챌 수 없었다. 우리는 음악과 사랑과 성공, 그리고 사설(私設) 연극 같은 분위기 속에서 시간을 보냈다. 아이들의 음악 감각은 둘 다 매우 예민했고, 특히 큰 아이인 마일스는 음악을 감지하고 모방하는 데 놀라운 재능을 지녔다. 공부방의 피아노 소리는 별별 기괴한 환상을 자아냈고, 그것이 끝나면 곧장 방구석에서 얘기하다가 그들 중 하나가 어떤 새로운 모습으로 '등장하기' 위해 들뜬 기분으로 밖으로 나가곤 했다. 내게도 오빠들이 있었기에 어린 소녀가 어린 소년을 노예처럼 숭배할 수 있다는 건 전혀 새로운 사실이 아니었다. 무엇보다도 놀라운 일은, 나이와 성별과 지력에서 뒤떨어지는 동생에게 그토록 세심한 마음을 베풀 수 있는 소년이 이 세상에 존재한다는 사실이었다. 그 아이들은 놀라울 만큼 뜻이 맞았고, 서로 간에 절대로 싸우지도 불평 따위를 늘어놓지도 않는다고 말하는 건, 그들이 가진 다정함에 견주어 볼 때 오히려 쑥스러울 뿐이었다. 실제로 간혹 내가 신경질을 부릴 때면 그들 사이에 흐르는 조그만 이해심의 흔적에 직면했고, 이런 이해심으로 인해 아이 하나가 어디론가 가 버리고 없을 동안에도 나머지 한 명이 내 동무가 되어 주었다. 모든 의례적 관계에는 순수한 면이 있는 법이지만, 학생들이 나를 속인다 하더라도 분명히 조잡한 구석은 별로 없었다. 고요히 시간이 흐른 다음, 조잡함이 갑자기 표출된 건 전혀 다른 면에서였다.

나는 실제로 머뭇거리고 있었지만 모험을 피할 순 없었다. 블라이에서 겪었던 끔찍한 일을 계속 기록하는 가운데 나는 매우 느긋한 믿음에 도전할 뿐 아니라(그런 면에 별달리 관심을 기울이지 않았지만 이건 다른 문제였다.) 내가 직접 겪은 일을 새로이 시작하여 다시 끝장을 보려고 했다. 돌이켜보면 내겐 정말 순수한 고통이었던 그 사건은 급작스럽게 다가왔다. 하지만 나는 적어도 사건의 핵심에 도달했고, 거기서 똑바로 빠져나오는 길은 그대로 전진하는 길밖에 없었다. 어느 날 밤 나는 (여느 때와 다름없이) 도착하던 날 밤에 엄습하던 차가운 촉감을 느꼈다. 이미 말한 대로 그때는 훨씬 가벼운 느낌이었으므로, 그 후 내 생활이 평온하지 않았더라면 응당 기억에서 사라져야 할 그런 느낌이었다. 나는 잠자리에 들지 않고, 촛불 두 자루를 켜 놓고 앉아 책을 읽었다. 블라이에는 옛날 책들이 한방 가득히 있었다. 그 가운데 일부는 18세기 소설들인데, 이들은 이미 명성은 퇴색했지만 그렇다고 아무렇게나 끌어모은 책은 아니었다. 그리고 그것들은 이 호젓한 집으로 흘러 들어와 은밀한 호기심을 가진 나의 젊음에 호소하였다. 내가 손에 들고 있던 책은 헨리 필딩[7]의 『아멜리아』였고, 내 정신 또한 또렷했다고 기억한다. 그리고 밤이 꽤나 깊어 시계를 볼 마음이 전혀 나지 않았다는 막연한 확신도 기억한다. 얼마 후, 당시 유행에 따라 플로라의 작은 침대 머리에 쳐진 하얀 커튼이 깊이 잠든 아이를 감싸고 있던 모습을 직접 확인한 사실도 떠올랐다. 요컨대 난 독서에 깊이 몰두하기는 했지만, 책장을 넘기고 작가의 매력이 모두 사라지자 책에서 눈길을 들어 내 방문을 유심히 보았다고 기억한다. 잠시 귀를 기울이는 가운데 내가 여기에 온 첫날 밤 뭔가 형언할 수 없는 기운이 집 안에서 꿈틀거렸다는 희미한 기억을 상기하고, 열린 여닫이문에서 나온 부드러운 바람이 반쯤 닫힌 덧문을 막 움직이려는 소리에 주목했다. 그런 다음 누군가 나를 보았더라면 틀림없이 경탄했을 만큼 온갖 신중한 빛을 띠고서, 책을 내려놓고 자리에서 일어나 촛불을 들고 곧장 밖으로 나갔다. 그리고 내 촛불이 닿지 않는 복도에서 고요히 문을 닫고 잠갔다.

이제 나는 무엇이 나의 결심을 굳히고, 무엇이 나를 유도했는지 말할 수 없지만, 촛불을 높이 들고 복도를 곧장 걸어가, 마침내 커다란 계단 모퉁이를 굽어보는 높다란 창문이 보이는 곳까지 왔다. 이 지점에서 나는 돌연 세 가지를 깨닫게 되었다. 그건 사실 동시에 발생하였지만 섬광처럼 잇달아 일어났다. 세차게 펄럭거리던 촛불이 꺼지자, 나는 열린 창문으로

---

7) 18세기 초반 영국의 소설가.

서서히 물러서는 이른 새벽의 어둠이 촛불을 불필요하게 만들었다고 느꼈다. 다음 순간 나는 촛불이 없어도 계단 위에 누군가 있음을 깨달았다. 나는 순서대로 말하고 있지만 퀸트와 세 번째로 만나 몸이 경직되는 데는 불과 몇 초도 걸리지 않았다. 유령은 계단 중턱 위에 도달하여 창문에서 가장 가까운 지점에 있었고, 거기서 나를 보자 갑자기 우뚝 서서 지난번에 만났던 탑과 정원에서와 똑같이 나를 응시했다. 유령은 내가 자기를 알고 있는 것과 마찬가지로 나를 알고 있었던 것이다. 그러자 차갑고 희미한 여명 속에서, 높다란 유리창에서 번쩍거리는 빛과 그 아래 윤이 흐르는 떡갈나무 계단 위의 빛이 어우러져, 우리는 똑같이 강렬하게 서로 마주 보았다. 이번에 유령은 비길 데 없이 생기 있고, 혐오스럽고, 위험한 존재였다. 하지만 이건 극도로 놀라운 것은 아니었고, 이런 표현은 내가 무척 판이한 상황에서 사용하기 위해 보류해야 할 표현이었다. 그런 상황이란 내게 공포가 모조리 사라지고, 나의 내부에 그를 만나 자세히 관찰하지 못한 부분이 하나도 남아 있지 않았을 때를 말한다.

그처럼 특별한 순간이 지난 다음 엄청난 고뇌를 겪었지만, 다행히 나는 어떤 공포도 느끼지 않았다. 그리고 유령도 내가 무서워하지 않는다는 것을 알았다. 나는 순간적으로 이 사실을 기막히게 알아챈 것이다. 나는 맹렬한 자신감이 작열하는 가운데, 한순간만이라도 그 자리에서 버티고 있으면 적어도 당분간은 그 유령과 대결할 필요가 없으리라고 느꼈다. 따라서 찰나적으로 발생한 일은 실제 면담이라도 하는 것처럼 인간적이고 끔찍스러웠다. 다시 말해 그건 단지 이른 새벽, 모두가 잠든 집에서 혼자 어떤 적이나 모험가, 아니면 죄인을 만날 때만큼 너무나 인간적이라는 점이 끔찍스러웠다. 비록 엄청나게 공포스러운 장면이었지만 거기에 한 가지 초자연적인 특징을 부여한 건, 우리가 그토록 가까운 공간에서 완전한 침묵으로 서로를 오랫동안 응시했다는 사실이었다. 만일 내가 그런 장소에서 그런 시간에 살인자를 만났더라면, 우리는 적어도 무언가 말을 했을지 모른다. 살아 있는 사람이라면 우리들 사이에 뭔가 통했을 테고, 설령 그런 것이 전혀 없었더라도 어느 한편이 몸을 움직였으리라. 그 순간이 너무나 길었던 나머지 조금만 더 지체되었다면, 과연 내가 이 세상에 존재하는지 의심이 들 지경이었다. 나는 침묵 그 자체가(어떤 의미에서 내 힘을 실제로 입증했지만) 유령이 사라져 버리는 것을 본 요인이 되었다고 말하는 것 외에, 그 뒤에 무슨 일이 발생했는지 표현할 길이 없었다. 마치 한때 유령이 탈바꿈한 비천한 인간이 명령을 받고 돌아서는 모습을 보기라도 하듯, 나는 유령이 돌아서는 모습을 분명히 보았다. 그리고 더 이상 흉측할 수 없을 만큼 웅크린 추악한 등을 내가 주시하는 가운데, 유령은 똑바로 계단 아래로 내려가 다음 모퉁이가 보이지도 않는 어둠 속으로 사라졌다.

10장

나는 계단 꼭대기에 잠시 머물렀지만 이윽고 방문객이 사라져 버렸음을 알고서 내 방으로 돌아왔다. 거기서 타도록 내버려 두었던 촛불 곁에서 내가 가장 먼저 본 건 플로라의 텅 빈 작은 침대였다. 이것을 보자 5분 전만 해도 견딜 수 있었던 모든 공포가 엄습하면서 나는 숨이 턱 막혔다. 나는 플로라를 눕혔던 곳으로 다급히 뛰어갔는데, 그 위에는 작은 실크 침대 덮개와 시트가 헝클어진 채 하얀 커튼이 감쪽같이 앞으로 당겨져 있었다. 그러자 이루 말할 수 없을 만큼 다행히도 내 발걸음에 어떤 소리가 응답했다. 덧문이 덜컹거리더니 그 뒤편에서 머리를 푹 숙인 아이가 얼굴이 발갛게 되어 나타났던 것이다. 플로라는 거기서 무척이나 순진한 모습으로, 발갛게 드러낸 다리와 금빛이 감도는 곱슬머리에 자그만 잠옷을 걸치고

서 있었다. 플로라는 꽤나 엄숙한 표정이었다. 그 아이가 나를 나무란다는 것을 의식할 때만큼 이미 내가 확보한 유리한 고지(그것이 주는 전율은 실로 엄청났다.)를 빼앗겼다는 느낌을 준 적이 없었다. '이 장난꾸러기, 지금까지 어디에 있었니?'라고 아이의 돌연한 행위를 추궁하는 대신, 내가 오히려 심문을 받고 변명하는 입장이 되어 버렸다. 이 문제에 대해 플로라는 지극히 사랑스럽고 진지함이 담긴 소박한 태도로 설명했다. 아이는 침대에 누워 있다가 갑자기 내가 밖으로 나간 것을 알고, 나한테 무슨 일이 생겼는지 알아보려고 자리에서 벌떡 일어났노라고 했다. 나는 아이가 다시 나타난 데 기뻐하며 의자에 주저앉고 말았다. 그때 한순간 가벼운 현기증을 느꼈다. 그러자 플로라가 곧장 후닥닥 달려와 내 무릎 위에 몸을 얹고, 졸음이 가시지 않은 귀엽기 그지없는 얼굴에 촛불을 가득 담았다. 나는 잠시 눈을 감고 아이로부터 갑자기 뿜어 나온 비길 데 없는 아름다움에 이전처럼 의식적으로 굴복했던 것을 기억한다. "나를 찾으려고 창밖을 보고 있었니?" 내가 말했다. "넌 내가 뜰에서 걷고 있다고 생각했겠지."

"글쎄요, 누군가 있다고 생각했어요." 아이는 내게 미소를 보내며 얼굴빛 하나 변하지 않았다.

정말이지 난 지금 그 아이와 어떻게 봐야 할까? "그래 누구를 보았니?"

"아뇨!" 약간 느릿한 아이의 아니라는 대답에 감미로운 여운이 담겨 있었지만, 일관성 없는 태도가 어린아이들의 완전한 특권인 양 플로라는 분개하며 대답했다.

그 순간 신경이 곤두선 상태에서 나는 아이가 거짓말을 하였다고 확신했다. 그리고 내가 다시 한번 눈을 감은 건, 사태를 어떻게 처리해야 할지 서너 가지 방법을 생각하느라 현기증이 났기 때문이다. 이 가운데 한 가지 방법이 묘한 힘으로 나를 잠시 유혹했기 때문에, 그걸 감당하느라 경련하듯 작은 아이를 잡았지만, 놀랍게도 플로라는 소리치거나 놀라는 기색 없이 순응하였다. 어째서 당장 아이를 몰아세워 끝장을 내면 안 될까? 작고도 사랑스런 아이의 밝은 얼굴에다 곧장 사실을 털어놓을까? '알겠지, 응, 난 네가 한 짓도 알고, 내가 그렇게 믿고 있는 걸 네가 의심하고 있다는 것도 알고 있어. 그러니까 선생님에게 솔직히 고백하란 말이야. 그럼 적어도 우린 함께 부딪쳐 갈 수 있어. 우리가 가진 괴상한 숙명에서, 우리의 위치와 함께 그 의미가 무엇인지 알게 될지도 모르잖아?' 아쉽게도 이러한 간청은 머릿속에 떠오른 순간 사라져 버렸다. 내가 그 말을 즉시 입 밖에 꺼낼 수 있을지라도, 그럴 필요가 없었다. 어차피 그 까닭을 알게 될 테니까. 나는 간청하는 대신 벌떡 일어나 아이의 침대를 바라보고 막연한 방도를 취하였다. "넌 왜 네가 여전히 침대에 있는 것처럼 보이도록 커튼을 침대 위로 당겨 놓았니?"

플로라는 영리한 눈빛으로 잠시 숙고하다 신비로운 미소를 방긋 지었다. "선생님이 놀라시지 않도록 하려고요!"

"하지만 네 생각대로 내가 밖으로 나갔던 것이라면?"

플로라는 답변이 궁해지는 것을 단호히 거부했다. 마치 그 질문이 부적절하거나 전혀 관계가 없다는 듯이 촛불로 시선을 옮겼다. "하지만 선생님은," 플로라는 꽤나 적절히 대답했다. "돌아오실 테고, 이렇게 오시지 않았어요!" 그리고 잠시 후 아이가 자리에 눕자 나는 오랫동안 플로라 곁에 엎드린 채 손을 잡고 내가 돌아오기 잘했다는 걸 입증해야 했다.

그 순간부터 밤마다 내 모습이 어떠했을지 짐작할 수 있으리라. 나는 몇 시나 되었는지도 모를 만큼 거듭하여 일어나 앉아 있었다. 그리고 나의 룸메이트가 확실히 잠든 순간을 틈타 살며시 빠져나와 숨을 죽이고 복도를 돌아, 마지막으로 퀸트를 만났던 장소까지 나가 보곤 했다. 그러나 나는 거기서 퀸트를 다시 만나지 못했으며, 어떤 경우를 막론하고 집 안에서 그를 보지 못했다고 당장 말해도 좋으리라. 다른 한편, 나는 계단 위에서 또 다른 모험을 놓치고 말았다. 내가 계단 꼭대기에서 내려다보니, 저 아래 한 여인이 등을 돌리고 앉아 반쯤 몸을 굽힌 채 고뇌에 찬 모습으로 자신의 머리를 손으로 감싸고 있는 것이 눈에 들어왔다. 그러나 내가 거기로 가는 순간 여인은 나를 돌아보지도 않고 사라졌다. 그럼에도 불구하고 나는 그녀가 얼마나 끔찍스러운 얼굴을 보여 주었을지 정확히 알 수 있었다. 그리고 내가 계단 위에 있지 않고 아래에 있었다면, 계단을 올라가며 최근 퀸트에게 보여 주었던 것과 똑같은 용기를 발휘해야 했을지 궁리했다. 어쨌든 용기를 발휘할 기회는 계속 이어졌다. 그 남자와 마지막으로 만난 지 열하루째가 되던 날 밤(이제 날짜까지 헤아리고 있었다.) 나는 그날 밤의 일에 버금갈 만한 공포를 만났다. 그건 특별히 예기치 못했기에 사실 무척 날카로운 충격을 주었다. 감시를 하느라 지친 나머지 나는 정확히 그날 밤 처음으로 경계심을 늦추지 않고 이전에 잠자리에 들던 시간에 잠을 자도 좋다고 느꼈다. 나는 즉시 잠이 들었고, 나중에 알았지만 새벽 1시경까지 그렇게 있었다. 그러나 눈을 떴을 때 마치 누군가 손으로 나를 흔든 듯이 완전히 깨어나 꼿꼿이 일어나야 했다. 불을 켜 놓은 채 내버려 두었었는데, 이제 꺼져 있었다. 나는 순간적으로 플로라가 불을 껐음에 틀림없다고 느꼈다. 이런 생각으로 자리에서 일어나 어둠 속에서 곧장 플로라의 침대로 가 보았지만 아이는 이미 나간 상태였다. 창문을 바라보니 사태를 짐작할 수 있었고, 성냥불을 켜자 모든 광경이 뚜렷해졌다.

아이는 다시 자리에서 일어나 있었고, 이번에는 촛불을 끄고 뭔가 바라보거나 응답하는 듯이 덧문 뒤를 헤치고 어둠 속을 응시하고 있었다. 그 아이가 지난번엔 그렇게 못했지만 지금은 뭔가 목격하고 있다는 사실이, 내가 다시 불을 켜거나 서둘러 슬리퍼를 신고 덧옷을 걸쳐도 전혀 동요하지 않는 데서 입증되었다. 자신의 몸을 숨겨 보호한 채 아이는 홀린 듯 문지방 위에(창틀은 앞으로 열려 있었다.) 또렷이 몸을 기대고 자신을 내맡겼다. 마치 아이를 도우려는 듯이 고요하고 둥그런 달이 떠오르자 나는 즉시 마음속으로 확인했다. 그 아이가 일전에 호수에서 만났던 유령을 대면하고, 그때 할 수 없었던 이야기를 지금 나누고 있다고. 내가 신경을 써야 할 건 아이를 방해하지 않으면서, 복도로부터 같은 위치에 있는 다른 창문에 접근하는 일이었다. 나는 플로라가 내 소리를 듣지 못하도록 밖으로 나간 다음, 문을 닫고 맞은편에서 아이로부터 어떤 소리가 나는지 귀를 기울였다. 통로에 서 있는 동안 나는 플로라의 오빠가 있는 방문을 쳐다보았다. 그건 열 발자국밖에 떨어지지 않은 곳에 있었고, 마음속에 형언할 수 없을 만큼 최근에 내가 유혹이라고 말했던 야릇한 충동을 다시 솟구치게 만들었다. 만일 곧장 방으로 들어가 창가로 나아간다면 어떻게 될까? 어리둥절한 아이에게 내가 들어온 동기를 대담하게 밝히고, 오랫동안 망설였던 내 용기를 나머지 미스터리에 펼친다면 어떻게 될까?

이런 생각이 들자 나는 당연히 아이 방의 문지방을 건너려다 다시 발길을 멈추었다. 나는 초자연적인 상상에 귀를 기울이며 어떤 불길한 일이 일어날까 궁리했다. 더욱이 마일스의 침대도 비어 있는지, 그 아이 역시 은밀하게 바깥을 주시하고 있는지 궁금했다. 깊고 고요한 순간이 지나자 내 충동도 사라졌다. 그 아이는 조용하였고, 아무것도 알지 못하리라. 모험은 끔찍했고 나는 발길을 돌렸다. 마당에 한 사람이 주위를 배회하며 뭔가를 보려 하고 있었는데, 그 사람은 플로라와 관계가 있는 방문객이었다. 그러나 마일스에게는 별다른 깊은 관심을 가지고 있지 않았다. 내가 다시 주저한 건 다른 이유에서, 그리고 단지 몇 초 동안이었다. 그런 다음 나는 선택했다. 블라이에는 빈 방이 많았기에 나는 단지 적당한 방을 고르기만 하면 되었다. 여기서 적당한 방이란 내가 오래된 탑이라고 말했던 저택의 견고한 모퉁이에 위치한 아래층 방(정원으로부터 꽤 높은 곳에 있었지만) 이라는 생각이 갑자기 떠올랐다. 그곳은 침실의 위용을 제법 갖춘 커다랗고 네모진 방으로, 그로스 부인이 무척 잘 정돈했지만 크기가 너무 커 불편했던 나머지 오랫동안 내버려져 있었다. 이따금 그곳에 경탄하였던 나는 방의 구조에 익숙했다. 비워 둔 탓에 처음에는 등골이 오싹할 어둠 속에서 막 비틀거리다 나는 방을 가로질러 가능한 한 소리를 내지 않고 덧문의 빗장 하나를 열었다. 이렇게 통로를 확보하고 나서 살며시 유리창을 열고 창틀에 얼굴을 대면서(밖의 어둠이 방 안의 어둠보다 훨씬 미약했기 때문에) 봐야 할 방향을 한눈에 바라보았다. 그러자 뭔가 더욱 많은 것을 보게 되었다. 밤의 구석구석까지 밝히는 달빛으로 인해 약간 떨어진 잔디 위에 희미한 사람의 형상이 보였고, 그 사람은 꼼짝도 하지 않고 서서 마치 홀린 듯 내가 나타난 곳을 올려다보고 있었다. 말하자면 그 모습은 나를 똑바로 본다기보다, 분명히 나보다 위에 있는 뭔가를 바라보는 것이었다. 내 위엔 분명히 어떤 인물이 있었고, 그곳은 바로 탑 위였다. 그러나 잔디 위에 있던 사람은 내가 생각했던, 대담하게도 내가 만나려고 서둘렀던 인물이 전혀 아니었다. 잔디밭 위에 있던 사람은(누군지 알게 되자 난 정신이 혼미해졌다.) 바로 가엾고 귀여운 마일스였던 것이다.

11장

다음 날 늦게 나는 그로스 부인에게 말을 건넸다. 아이들로부터 눈을 떼지 않으려고 애쓰다 보니 종종 부인과 몰래 만나기가 어려웠다. 더욱이 우리는 아이들과 마찬가지로 하인들에게서도 의심을 사지 않기 위해, 속으로 동요한다든가 불가사의한 일들을 논의한다는 내색을 하지 않으려고 했다. 특히 이 점에 있어서 나는 부인의 태연자약한 표정에 크게 안도하였다. 부인의 아무것도 모르는 듯한 얼굴에는 나의 무서운 비밀을 남들에게 옮길 만한 흔적이 전혀 없었기 때문이다. 나는 부인이 전적으로 나를 신뢰한다고 확신했다. 그렇지 않았다면 혼자서 일을 감당해 낼 수 없었기 때문에 내가 어떻게 되었을지도 모르리라. 그러나 부인으로 말한다면 상상력의 결핍이라는 웅장한 기념비와 같은 축복을 누리고 있었다. 그래서 우리가 돌보는 어린아이들로부터 오직 아름다움과 사랑스러움과 그들의 행복과 영리함만을 감지할 수 있다면, 부인은 내가 겪은 고통의 원인과 직접 교신할 방도를 전혀 찾지 못하리라. 만일 아이들이 조금이라도 눈에 띌 만큼 파리하고 지친 빛을 띠었다면, 부인도 그 원인을 추적하느라 틀림없이 아이들과 똑같이 초췌해졌을 것이다. 그러나 지금처럼 부인이 크고 하얀 팔을 포개며 평소와 다름없는 평온한 모습으로 아이들을 지켜볼 때면, 설령 아이들이 망가져 부서지더라도 그녀가 그 조각까지 귀여워할 만큼 신의 은총에 감사한다는 것을 느낄 수 있었다. 부인의 의식에서 환상의 날개는 느긋이 타오르는 난롯불에 자리를 내주고 말았다. 그리고 눈에 띌 만한 사건 없이 시간이 흐르며 어린아이들이 마침내 자기 일을 해 나갈 수 있다는 확신이 무르익자, 부인이 아이들의 가정 교사로 말미암아 생긴 딱한 상황에 어떻게 최대한 근심을 표해야 할지 나는 이미 깨달았다. 나로선 그것이 사태를 확실히 단순화하는 길이었다. 내 표정은 맹세코 세상 사람들에게 어떤 암시도 하지 말아야 했고, 그런 형편에서 부인의 표정까지 걱정해야 한다면 훨씬 큰 부담이 될 수 있었다.

내가 이렇게 생각하고 있을 때, 부인이 마음의 부담을 느껴 내가 있던 테라스로 왔다. 계절이 지나가는 테라스는 오후의 햇살이 포근했다. 그리고 아이들은 우리가 함께 앉아 있는 곳에서 마음만 먹으면 부를 수 있는 거리에서 정말 흥에 겨워 이리저리 돌아다니고 있었다. 그들은 나란히 우리 아래 잔디 위에서 느릿느릿 움직였다. 마일스는 플로라와 함께 거닐며 이야기책을 소리 높여 읽었고, 한 팔로 누이동생을 조일 듯이 껴안았다. 그로스 부인은 분명히 차분하게 아이들을 지켜보았다. 그러자 나는 내게서 내막을 알아내기 위해 조심스럽게 가동시킨 긴장된 지적 균열을 포착했다. 나는 그로스 부인을 무서운 일들을 담아 두는 저장고로 만들었지만, 그녀는 내가 준 고통을 참아 가면서 기묘하게 나의 소양과 역할에서 나오는 우월성을 인정하였다. 만일 내가 마법의 묘약을 만들어 확신을 품고 내밀었다면, 부인은 커다란 냄비를 활짝 열어 그대로 담았을 만큼 내 폭로에 정신을 집중했으리라. 간밤에 발생한 일을 이야기하면서, 그처럼 괴이한 시간에 현재 마일스가 우연히 머문 바로 그 지점에서 아이를 본 후, 내가 그를 불러들이려고 아래로 내려가면서, 결과적으로 창가에서 소리쳐 부르는 것보다 직접 내려가 온 집 안을 소란스럽게 만들지 않는 편이 좋았다는 사실이 지금 부인의 태도에서 분명히 확인되었다. 그사이 마일스를 집 안으로 데려온 다음, 깜찍한 기지로 결정적이고 교묘한 나의 질문에 대처한 그의 실질적인 재간을 내가 찬탄하는 데 부인이 공감하지 않도록 하였다. 지난밤 달빛을 받으며 내가 테라스에 나타나자 마일스는 즉시 내게로 다가왔다. 거기서 나는 한마디 말도 없이 마일스의 손을 잡고 어두운 공간을 지나, 퀸트가 그를 만나려고 굶주리듯 배회했던 계단을 오르고, 내가 귀를 기울이며 몸을 떨었던 복도를 따라 그가 떠났던 방으로 아이를 인도했다.

도중에 우리 사이에는 한마디 말도 없었다. 나는 아이가 작은 머릿속에서 뭔가 그럴듯하고 그다지 기괴하지 않은 답변을 궁리하고 있는 건 아닌지 정말 의심스러웠다! 그 아이가 이번에는 분명히 말을 꾸미느라 쩔쩔매며 정말로 당황하는 데 나는 진기한 승리의 전율을 느꼈다. 그건 불가사의한 일을 포착하기 위한 날카로운 덫이었다. 마일스는 더 이상 순진한 체할 수 없었던 것이다. 그렇다면 그 아이는 대체 어떻게 이 상황을 빠져나갈 것인가? 이런 물음이 격렬하게 고동치자 내 마음에는 사실 나 역시 어떻게 해야 할지 모를 무언의 호소가 일었다. 이윽고 나는 그동안의 초조한 심증을 드러낼 만큼 모든 위험에 직면했다. 우리가 마일스의 작은 방으로 밀고 들어갔을 때 침대에는 잔 흔적이 전혀 없었고, 달빛을 받은 창문이 성냥을 켤 필요조차 없을 정도로 방 안을 환하게 만들었던 광경이 선명히 떠오른다. 사람들이 하는 말처럼 그 아이가 실제로 나를 어떻게 '속였는지' 훤히 알고 있다는 생각이 들자, 나는 털썩 주저앉아 침대 모서리에 쓰러졌다고 기억한다. 어린아이들을 돌보는 나 같은 사람들이 미신과 공포를 신봉하는 오랜 악습을 계속 따르는 한, 마일스는 자신의 모든 재간을 마음먹은 대로 펼칠 수 있었다. 그는 정말 감쪽같이 나를 '속였던' 것이다. 내가 우리의 완벽한 관계에 맨 처음 음산한 요소를 가져올 장본인이 될 낌새를 조금이라도 보인다면, 과연 누가 나를 용서하여 교수형을 받지 않도록 하는 데 동의할까? 그건 절대로 있을 수 없었다. 우리가 어둠 속에서 짧고 날카롭게 대결하는 가운데, 그 아이가 탄복하리만큼 나를 사로잡으려 했다는 사실을 그로스 부인에게 전달했다는 것을 여기서 말하려 해도 소용없으리라. 물론 나는 온갖 친절과 자비를 베풀었다. 침대에 기댄 채 여전히 공격의 고삐를 늦추진 않았지만, 아이의 작은 어깨에 그처럼 다감한 손길을 얹은 적이 여태껏 없었기 때문이다. 나는 적어도 형식상 아이에게 이렇게 물어보지 않을 수 없었다.

"이젠 내게 말해 봐, 모든 진실을. 무엇 때문에 밖으로 나갔지? 거기서 뭘 했니?"

나는 마일스의 눈부신 미소와 아름다운 눈의 흰자위, 그리고 어둠 속에서 드러낸 반짝이는 고운 치아를 아직도 그려 볼 수 있다. "이유를 말씀드리면 이해해 주시겠어요?" 이 말을 듣자 나의 가슴이 무척이나 두근거렸다. 내게 이유를 말한다고? 나는 그것을 다그칠 어떤 말도 꺼낼 수 없었다. 그래서 단지 막연하게 얼굴을 찡그리고 계속 고개만 끄덕이고 있었다. 마일스는 극히 정중했고, 내가 그에게 고개를 흔들자 여느 때보다 더 요정의 왕자와 같은 모습으로 거기 서 있었다. 실제 내게 안도감을 준 건 그의 밝은 모습이었다. 만일 그가 정말 고백한다면 굉장한 일이 될까? "글쎄요," 마침내 마일스가 말했다. "선생님이 그렇게 해야 한다고 명령하신 그대로죠."

"무슨 말이지?"

"기분 전환 삼아 절 나쁜 아이로 생각하시도록 그랬어요!" 나는 마일스가 감미롭고 쾌활하게 말을 꺼낸 데다 몸을 앞으로 숙여 내게 키스까지 한 모습을 결코 잊지 못하리라. 모든 일이 끝난 거나 다름없었다. 나는 그의 키스를 받았고, 잠시 아이를 팔에 껴안고 있는 동안 울음을 참으려고 실로 엄청난 노력을 기울였다. 내가 더 이상 캐물어 볼 여지가 없을 만큼 마일스는 자신을 정확히 설명했다. 그래서 나는 단지 그의 설명을 수긍한다고 확인하듯 방을 휘둘러보며 겨우 입을 열었다.

“그렇다면 넌 아예 옷을 벗지 않았다는 거니?”

마일스의 모습이 어둠 속에서 우아하게 빛났다. “천만에, 전 일어나 책을 읽었죠.”

“그럼 언제 내려갔지?”

“한밤중이죠. 제가 일을 벌여야 할 땐 어쩔 수 없어요!”

“알겠어, 그래, 멋진 말이군. 그런데 내가 그것을 알게 되리라고 어떻게 확신할 수 있었지?”

“그렇게 하도록 플로라와 미리 짜 놓았어요.” 그의 답변은 거침없이 나왔다! “플로라가 잠자리에서 일어나 밖을 내다보기로 했거든요.”

“플로라가 그렇게 했던 거로군.” 나는 그만 함정에 빠지고 말았다!

“그래서 선생님이 잠에서 깨 플로라가 바라보던 걸 보았죠. 선생님도 보셨잖아요, 아시겠죠?”

“네가 밤공기를 맞아 심한 감기에 걸릴 동안에 말이지!” 나는 대꾸했다.

사실상 이 모험에 성공한 마일스는 환한 빛으로 동조할 수 있었다. “어떻게 제가 그렇게 나쁜 짓을 할 수 있겠어요?” 그가 물었다. 그러고 나서 나를 다시 한번 껴안은 다음, 이 사건과 우리의 면담은 그가 장난을 해도 빌미를 댈 수 있는 온갖 이유를 내가 인정하는 것으로 끝이 났다.

12장

헤어지기 전 마일스가 던진 다른 말로 생각을 보완했지만, 내가 받았던 특별한 인상은 반복하건대 아침 햇살 속에서 그로스 부인에게 성공적으로 전달되지 않았던 것으로 판명되었다. "모든 건 대여섯 마디 말에 달렸어요." 나는 부인에게 말했다. "문제를 실제로 해결하는 걸 말해요. '제가 할지도 모를 일을 생각해 보세요!'라고 마일스는 자기가 착한 아이라는 걸 내게 보여 주려고 이런 말을 꺼냈어요. 그 아이는 자기가 '할지도 모를' 일을 철저히 파악한 셈이죠. 그게 바로 학교에서 아이들에게 본때를 보여 준 이유랍니다."

"에구머니, 선생님이 달라지셨군요!" 내 친구가 소리를 질렀다.

"달라지다뇨, 사실을 알았을 뿐인데. 그들 네 사람은 분명히 줄곧 만나고 있어요. 지난 며칠 당신이 하룻밤만이라도 어느 아이와 함께 지냈더라면 분명히 알았을 거예요. 그 애들을 지켜보고 기다릴수록 달리 확인할 게 없더라도, 아이들이 계획적으로 입을 다물고 있다는 것을 알았기 때문에 난 그걸 확신하게 되었죠. 말이 헷갈릴지 몰라도 그 애들은 죽은 옛 친구에 대해 암시조차 않고, 더욱이 마일스는 자신의 퇴학에 대해서도 언급하지 않아요. 좋아요, 우리 여기 앉아 아이들을 지켜봐요. 그러면 아이들은 기세 좋게 마음껏 뽐내겠죠. 하지만 동화 속에 빠져 있는 체하면서도 아이들은 죽은 사람의 환영을 열심히 쫓고 있어요. 마일스는 플로라에게 책을 읽어 주는 게 아니랍니다." 나는 분명히 말했다. "그 아이들은 죽은 사람들을 얘기하고 있어요. 아이들이 소름 끼치는 일을 얘기하는 거예요! 내가 미친 것 같겠죠. 미치지 않은 게 이상할 노릇이죠. 내가 지금까지 목격한 일이 당신을 그렇게 만들어 놓았을 거예요. 하지만 그건 단지 내 정신을 더욱 맑게 하여 다른 일들까지 파악하게 했어요."

나의 맑은 정신은 틀림없이 끔찍하게 보였으리라. 하지만 희생물이 된 귀여운 아이들은 꼭 같이 사랑스러운 모습으로 오가며, 내 동료에게 자기 생각을 고집할 빌미를 주었다. 그래서 내 열렬한 호소에도 부인이 꼼짝하지 않고 두 눈으로 여전히 아이들을 응시하자, 난 그녀가 얼마나 완강한지를 느꼈다. "선생님이 다른 어떤 일들을 파악했나요?"

"글쎄요, 한편으론 나를 기분 좋게 매혹하면서도, 다른 한편으론 실로 무척이나 이상하게도 나를 어리둥절하게 만들고 괴롭히는 일들이죠. 지상에 존재한다고 생각될 수 없는 아이들의 아름다움과 함께, 도무지 부자연스러운 착한 심성 말이에요. 그건 게임이에요." 나는 말을 계속했다. "그건 책략이고 사기랍니다!"

"귀여운 어린것들이 말인가요?"

"사랑스럽기 그지없는 어린것들이 그럴 리 있겠느냐는 뜻이죠? 그럼요, 미친 짓처럼 보이겠지만!"

이렇게 말을 꺼내고 보니 사건을 추적하고 샅샅이 따져 한데 엮기가 한결 쉬워졌다. "그 아이들은 지금까지 착한 게 아니었어요. 겉으로 나쁜 짓만 하지 않았을 따름이죠. 아이들과 함께 지내는 건 쉬운 일이에요. 아이들은 나름의 생활을 하고 있을 뿐이니까. 아이들은 내 소유도, 우리 소유도 아니에요. 그 남자와 그 여자의 소유랍니다!"

"퀸트와 그 여자 말인가요?"

"그렇죠. 아이들이 그들에게 접근하려고 하거든요."

이 말을 듣고 가련한 그로스 부인이 아이들을 유심히 살피는 듯했다! "하지만 무엇 때문이죠?"

"과거 끔찍한 날들 동안 두 유령이 아이들에게 가르친 모든 악행에 이끌렸기 때문이죠. 게다가 악행을 더욱 유도하여 악마 같은 짓거리를 계속하는 것이 그자들을 다시 불러들이는 길이에요."

"에구구!" 내 친구는 숨을 죽이며 외쳤다. 이 외침은 평소의 것과 다를 바 없는 것이었지만 음울했던 시절(이보다 더욱 나쁜 시절도 있었으니까) 틀림없이 발생했던 일을 내가 계속 입증하는 것을 그대로 받아들인다는 표시였다! 이들 악당들이 얼마나 타락했는지를 부인이 경험한 대로 순순히 시인하자, 나는 무엇보다 내 추측이 신빙성이 있다고 확인시켜 주었다. 잠시 후 부인이 말을 꺼낸 건 분명히 기억을 더듬어 낸 결과였다. "그들은 악당이었어요! 그런데 이제 와서 무슨 짓을 할 수 있겠어요?" 부인이 다그쳤다.

"할 수 있느냐고요?" 내가 큰 소리로 부르짖었기 때문에, 멀리서 거닐던 마일스와 플로라가 잠시 걸음을 멈추고 우리를 바라보았다. "그들이 아무 짓도 할 수 없을 것 같아요?" 내가 나직한 소리로 묻는 동안 아이들은 미소를 짓고 고개를 끄덕이며 우리를 향해 손에 키스를 해 보인 다음, 계속 순진한 표정을 가장했다. 그 때문에 우리의 대화가 잠시 지체되었지만 이윽고 내가 대답했다. "그들이 아이들을 망쳐 버릴 수 있어요!" 이 말에 내 동료는 고개를 돌려 말 없이 표정으로 질문을 던졌기 때문에 나는 더욱 노골적으로 되었다. "그들은 아직 어떻게 해야 할지 모르고 있지만 온갖 힘을 쓰고 있어요. 그저 멀찍이 있는 듯이 보일 뿐이죠. 괴상하고 높다란 곳이라든가, 탑 꼭대기, 저택 지붕, 창문 밖, 못 건너편 같은 데죠. 그러나 양쪽 모두 거리를 좁혀 장애물을 없애려는 기색이 완연해요. 유혹하는 자들이 성공하는 건 시간문제일 따름이죠. 그들은 위험에 대한 암시만 계속하면 되거든요."

"아이들이 오게끔요?"

"그렇게 하다가 구렁텅이에 빠지는 거죠!" 그로스 부인이 천천히 일어나자 나는 신중히 말을 덧붙였다. "물론 우리가 막을 수 없다면요!"

내가 자리에 앉아 있을 동안 부인은 내 앞에 선 채 눈에 보일 듯 깊은 생각에 잠겼다. "아이들의 삼촌이 보호하셔야 되겠네요. 주인님이 아이들을 데리고 가셔야 해요."

"그럼 누가 그런 부탁을 하죠?"

부인은 먼 곳을 유심히 바라보다 이제 모호한 얼굴을 내게 떨구었다. "선생님이 하셔야죠."

"집안의 명예가 실추되었고, 어린 조카 남매가 미쳤다고 그분에게 적어 보내란 말인가요?"

"하지만, 아이들이 정말 그렇다면요?"

"게다가 나 자신마저 그렇다는 거죠? 그분에게 어떤 걱정도 끼치지 않는 게 으뜸가는 책무인 가정 교사한테서 나온 소식치곤 참으로 좋은 소식이로군요."

그로스 부인이 다시 아이들을 주시하며 생각에 잠겼다. "그렇죠, 주인님은 걱정을 싫어하시니까요. 그건 충분한 이유가 돼요."

"어떻게 저 악마들이 그분을 그토록 오랫동안 속였을까요? 그분의 무관심이 끔찍하긴 해도 그건 의심의 여지가 없어요. 아무튼 난 악마가 아니니까 그분을 속여선 안 돼요."

나의 동료는 잠시 후 다시 앉아 내 팔을 잡으며 마지막 답변을 했다. "어쨌든 주인님이 선생님에게 오시도록 해요."

나는 눈이 휘둥그레졌다. "내게로요?" 나는 부인이 무슨 짓을 하지나 않을까 갑작스레 불안했다. "'그분'을요?"

"주인님이 여기 오셔야 해요. 도움을 주셔야죠."

나는 얼른 자리에서 일어났고, 부인에게 여느 때보다 더욱 기묘한 표정을 지었음에 틀림없다는 생각이 들었다. "나더러 그분에게 방문해 달라고 요구하라고요?" 아니, 내 얼굴을 들여다보는 부인의 눈에 뭔가 명백히 알 수 없는 것이 있었다. 여자는 다른 여자의 마음을 읽는다고 하듯이 부인 역시 나를 파악하고 있는 것 같았다. 부인은 내가 외로운 처지를 더 이상 지탱할 수 없어, 주인이 눈여겨보지 않은 나의 매력에 관심을 갖도록 하기 위해 이 기막힌 계략을 꾸몄다고 생각하며, 나를 조롱하고 흥겨워하며 경멸했다. 부인뿐만 아니라 다른 누구도 내가 그분을 섬기고 우리의 약정을 고수하는 것을 얼마나 자랑으로 삼는지 알지 못했다. 하지만 그럼에도 불구하고 부인은 지금 내가 던진 경고를 헤아리고 있었다. "만일 당신이 잘못 생각하여 나 대신 그분에게 호소한다면."

부인은 겁에 질려 버렸다. "그렇다면, 선생님은?"

"난 당장 그분과 당신을 떠나 버리겠어요."

13장

아이들과 함께 지내는 건 참으로 즐거웠지만, 그들에게 말을 건네는 일이란 여전히 정말 힘겨운 노력이 필요했다. 또한 함께 생활하다 보니 전과 마찬가지로 도저히 풀지 못할 난관에도 직면했다. 이런 상황이 한 달 동안 지속되면서, 사태가 새롭게 악화되어 특별한 징후(무엇보다 나의 학생으로부터 조롱하는 투가 점차 날카로워지는 징후)가 나타났다. 이건, 그 당시와 마찬가지로 지금도 확신하지만, 나의 끔찍한 상상 때문만은 아니었다. 아이들이 나의 곤경을 알고 있는 상황에서 비롯된 이상한 관계가 오랫동안 우리 주변의 분위기를 형성했다는 것을 분명히 감지할 수 있었다. 나는 아이들이 놀려 댔다거나 천박한 짓거리를 했다고는 말하지 않으련다. 왜냐하면 그건 아이들이 저지를 위험이 못 되기 때문이다. 오히려 내가 말하려는 건 무엇보다 우리 사이에 명시되지도 언급되지도 않은 요소가 다른 무엇보다도 더 컸으며, 묵직하고 상당한 묵계 없이는 그처럼 감쪽같이 불문에 붙여질 수 없다는 점이었다. 우리는 마치 매 순간 황급히 중단해야 하는 대화에 영원히 갇혀, 막혔다고 생각한 골목길을 급히 빠져나와 보니 우리가 경솔히 열었던 문이 쾅하고 닫혀 버린 듯(모든 굉음처럼 그건 우리가 의도했던 것보다 뭔가 더욱 큰 소리였기 때문에) 어안이 벙벙한 느낌이었다. 그 시절 우리에겐 모든 길은 로마로 통하였고, 거의 모든 학업이든 대화의 소재든 금지 구역을 회피하고 있다는 생각이 들었다. 금지 구역이란 대체로 죽은 사람이 소생하는 문제였고, 특히 기억에 남아 있는 거라면 무엇이든 어린아이들의 잃어버린 친구들을 가리킨다. 그 시절 아이들 가운데 하나가 눈에 띄지 않게 살며시 상대방을 팔꿈치로 찌르며, "이번에 선생님이 그걸 하실 거라고 생각하지만, 그렇진 않을 거야!"라고 분명히 말했을지 모른다. '그걸 하신다는' 건, 예를 들면(어떻든 한 번 정도는) 내 교육에 대비하여 아이들을 훈련시킨 전임자를 곧장 언급하는 일이 되리라. 아이들은 내가 거듭하여 그들을 유쾌하게 해 주었던 나의 옛 시절에 관한 이야기에 한없이 매료되었다. 그들은 지금까지 내게 일어났던 일들을 모조리 파악하고, 신통치 못한 나의 모험담과 오빠와 자매들, 집에서 키우던 고양이와 개, 나의 아버지의 괴팍한 성미와 연관된 무수한 특징들, 우리 집의 가구와 장식, 그리고 우리 마을의 노파들이 나눈 대화에 이르기까지 자세한 경위를 꿰뚫고 있었다. 만일 누군가 다급히 이야기하면서도 본능적으로 화제의 흐름을 장악할 수 있다면, 이런저런 이야기를 섞어 수선을 피울 일들은 얼마든지 있었다. 아이들은 재치 있는 솜씨로 나의 이야기와 기억이 술술 풀려나오도록 했다. 나중에 그런 일들을 생각해 보니 내가 몰래 감시를 받고 있었다는 정말 강렬한 의혹이 일었다. 우리가 웬만큼 안심할 수 있었던 화제는 (이따금 전혀 엉뚱하게도 아이들에게 갑작스레 유쾌한 이야깃거리를 들춰내도록 만든 상황에서) 어떤 경우든 내 생활과 과거와 친구들뿐이었다. 나는 눈에 띌 만한 연관성도 없이, 널리 유포된 고스링 아주머니[8]의 그럴싸한 말을 새롭게 되풀이하거나, 목사관에 있던 영리한 조랑말에 관한 시시콜콜한 이야기를 들려주었다.

이처럼 사정이 바뀌자 내가 말했던 곤경이 가장 또렷이 인식된 건 어떻게 보면 이 시기였고, 달리 보면 이와 전혀 다른 시기였다. 유령과 마주치지 않고 여러 날들이 흘러갔다는 사실이 응당 내 신경을 무디게 만들었는지 모른다. 두 번째 밤 계단 꼭대기에서 아래에 있던 여인의 존재를 스쳐 가는 빛처럼 본 뒤로, 나는 집 안에서든 바깥에서든 차라리 보지 않는 편이 좋을 것 같다고 느끼는 건 아무것도 보지 않았다. 내가 퀸트와 마주칠 만한 모퉁이도 많았고, 꽤나 음산하게 제셀 양이 나타나기 좋은 상황도 얼마든지 있었다. 여름이 다가오더니 어느덧 지나갔다. 블라이에 가을이 내려앉아 우리의 불빛을 절반이나 꺼 버렸다. 잿빛 하늘 아래 꽃은 시들고, 벌거벗

---

8) 가정 교사의 고향 사람을 지칭함.

은 땅에 낙엽이 뒹굴고 있는 그곳은, 온통 구겨진 포스터로 뒤덮인, 공연이 끝난 극장과도 같았다. 정확히 말해 대기의 상태, 귀에 울리는 소리와 정적의 상황, 유령을 보기에 적합한 순간이라는 형언하기 어려운 인상 따위가 오랫동안 내게 머물렀다. 그건 6월의 저녁 바깥에서 처음 퀸트를 본 다음, 곧이어 다시 창문을 통해 그를 목격하고서 유령을 찾아 관목 사이를 헛되이 헤맸던 느낌을 포착하기에 충분했다. 나는 유령이 나타날 징후와 예감은 물론, 그 순간과 장소까지 식별했다. 하지만 그런 징후들은 다른 것을 수반하지 않은 공허였고, 나는 마음의 평온을 유지했다. 자신의 감수성이 기묘하기 짝이 없이 줄어들지 않고 깊어진 어느 젊은 여인을 평온하다고 부를 수 있다면 그렇게 불러도 무방하리라. 나는 호숫가에서 플로라가 보여 준 끔찍한 장면을 놓고 그로스 부인과 이야기를 나누는(이런 얘기로 그녀를 당혹스럽게 하긴 했지만) 순간, 내 힘을 유지하지 않고 상실하는 편이 나를 훨씬 더 고통스럽게 한다고 말했다. 나는 그때 내 마음속에 선명하게 있던 생각을 털어놓았다. 어린아이들이 정말 그것을 보았든 보지 않았든(아직 확실히 입증되지 않은 만큼) 보호자로서 나 자신의 존재를 완전히 노출하는 편이 지당하다고 생각했기 때문이다. 나는 어차피 알려질 거라면 최악의 일에도 마주칠 준비가 되어 있었다. 그때 언뜻 흉한 모습을 보고 그들의 눈이 활짝 열려 있을 동안 나는 눈을 감고 말았지만. 내 눈은 현재도 감겨 있지 않을까. 이건 하느님께 감사하지 않는다면 불경하게 보일 만한 엄청난 행복이었고, 정말 하느님께 감사하는 일은 어려운 노릇이었다. 내가 이처럼 두루 헤아려 아이들의 비밀을 확신하지 않았더라면 정성을 다 바쳐 하느님께 감사했을지도 모른다.

이즈음 내 강박 관념을 사로잡는 괴이한 발자국을 어떻게 추적할 수 있단 말인가? 우리가 함께 있을 동안 내가 있는 곳에서 감지한 것을 단언할 태세는 되어 있었지만, 나의 직접적인 느낌이 차단된 채 아이들은 자신들이 알고 환영하는 방문객들을 맞이했다. 직접 받는 상처가 피해야 할 상처보다 훨씬 강할 수 있다는 사실 때문에 주저하지 않았더라면, 나는 그 순간 기쁨에 겨워 소리쳤을지도 모른다. "그 작자들이 여기 있어, 여기 말이야, 어린 악당들아."라고 나는 외칠 뻔했다. "그러니 너희들은 이제 그걸 부정하지 못해!" 어린 악당들은 자신들의 친밀감과 부드러움을 한껏 고조시켜 이걸 부인했지만, 빤히 들여다보인 그들의 태도에는 강물 속에서 번쩍거리는 물고기처럼 자신들이 차지한 고지를 뽐내는 듯한 조롱이 드러났다. 사실 지난번에는 내가 알던 것보다 훨씬 깊은 충격이 스며들었다. 나는 별빛 아래 퀸트나 제셀 양을 만나려고 밖을 보다가 잠자리를 보살폈던 마일스를 보았는데, 그는(거기서 퀸트에게 보내던 시선을 내게 똑바로 던지며) 사랑스러운 모습을 곧장 위로 치켜들고 있었다. 그건 바로 끔찍한 퀸트의 유령이 내 위에 있는 탑에서 희롱하고 있다는 표정이었다. 나를 무섭게 했다는 점에서 본다면 이때만큼 내가 공포에 떨었던 적은 일찍이 없었고, 여기서 발생한 심정에서 나는 실질적인 추론을 이끌어 냈다. 유령들이 괴롭힌 탓에 나는 이따금 틈을 내어 혼자 틀어박혀 내가 요점에 도달할 수 있는 방법을 소리

내어 뇌까려 보았다. 그건 환상적인 위안이자 새로운 절망이었다. 나는 내 방에서 이리저리 궁리하며 그것을 여러 가지 측면에서 검토했지만, 그 무서운 이름들을 입 밖으로 꺼내면 언제나 좌절하고 말았다. 나는 이런 이름들이 내 입술에서 사라지기 직전에 입 밖으로 꺼내 지금까지 공부방에서 간혹 발생한 미묘한 경우를 본능적으로 해소해야 한다면, 이 이름들은 응당 수치스러운 뭔가를 나타낼 거라고 중얼거렸다. "저놈들은 잠자코 예절이라도 지키는데, 비록 신임을 받는다 하더라도 너희들이 함부로 지껄이다니!"라고 뇌까리다 나는 붉어진 얼굴을 손으로 가리고 말았다. 남몰래 이런 장면을 연출하고 난 후 나는 입심 좋게 여느 때보다 더욱 많이 지껄였고, 그러다 보면 우리 사이에 뭔가 거대하고 뚜렷한 침묵이 생겨났다. 이 침묵을 달리 부를 방도가 없다. 그건 이 순간 우리가 낼지도 모를 어떤 소리와도 무관하게 고조되는 환희이거나 활기찬 낭독일까, 아니면 더욱 힘찬 피아노 연주 따위를 통해 들을 수 있는 정적일까. 그렇지 않으면 삶이 모두 정지된 채 이상하고 아찔한 기분이 솟구치는 현기증일까. 적절한 표현이 생각나지 않는다! 그러자 다른 사람들, 즉 이방인들이 여기 있다는 생각이 들었다. 그들은 천사는 아니었고, 프랑스 사람들의 말처럼 날개를 스치듯 '지나가며' 잠시 머물러 나를 공포에 떨게 했던 것이다. 그 공포란 나 자신이 충분하다고 생각한 것보다 더욱 사악한 메시지나 더욱 선명한 이미지를 그들의 어린 희생양들에게 던지는 것을 말한다.

내가 무엇을 보았든 마일스와 플로라가 더욱 많은 것을(지난날 갖가지 무서운 과정에서 발생한 상상할 수도 없는 끔찍한 일들)을 보았다는 잔혹한 생각은 정말 떨쳐 버리기 어려웠다. 그런 일들은 얼마간 자연스럽게 우리의 느낌을 겉으로 요란스레 부인하는 차가운 결과를 가져왔다. 그런 일이 되풀이되자 우리 셋은 모두 특수 훈련이라도 받은 것처럼 매번 자동적으로 거의 똑같은 동작으로 일을 마무리하게 되었다. 아무튼 아이들은 전혀 엉뚱하게 내게 습관처럼 키스하고, 놀랍게도 우리가 무수한 위험을 통과하는 데 도움을 준 소중한 질문을 빠뜨리지 않았다. "그분이 언제 오실 것 같아요? 우리가 편지를 써야 한다고 생각하지 않으세요?" 우리는 경험상 그런 질문처럼 어색함을 씻어 주는 게 없음을 알고 있었다. '그분'이란 물론 할리가에 있는 아이들의 삼촌을 말하며, 우리는 어느 때든 그분이 우리와 함께 지내기 위해 올지 모른다는 구구한 추측 속에서 시간을 보냈다. 그런 추측에 대해 그분은 가장 확실한 근거를 제시하는 입장이었지만, 우리가 의존할 근거를 갖지 않았더라면 우리는 각기 상대방에게 감쪽같이 속셈을 감추고 있다는 것을 포기해야 되었으리라. 그분은 아이들에게 편지를 쓰는 법이 없었다. 그건 이기적인 것이 될 수도 있었지만 그가 나를 신뢰한다는 즐거움이 될 수도 있었다. 왜냐하면 남자가 여자에게 최상의 경의를 표하는 방법이란 단지 자신의 편리를 위한 신성한 법칙을 마음껏 과시하는 데서 가능하기 때문이다. 그래서 내가 아이들에게 스스로 편지를 쓰는 건 고작해야 문학 훈련에 불과하다고 납득시킨다면, 그분에게 직접 어려움을 호소하지 않겠다는 언약의 정신을 계속 유지하게 될 것이라고 믿었다. 아이들이 쓴 편지는 보내기에 너무나 아름다워 혼자 보관하게 되었고, 지금까지도 모두 보존하고 있다. 이런 일로 말미암아 실로 그분이 언제라도 우리와 함께 어울릴 수 있다는 추측은 나를 짜증스럽게 만드는 경멸감만 더하였다. 사실 정확히 말한다면, 그분의 방문이 무엇보다 나를 가장 난처하게 만들 일임을 아이들이 알고 있는 듯했다. 돌이켜 보건대 이 모든 일에서 가장 특이한 기미는 나의 긴장과 아이들의 득의양양함에도 불구하고, 내가 한 번도 화를 내지 않았다는 단순한 사실이었다. 나는 사실 아이들이 너무나 사랑스러워 지금까지도 그들을 미워하지 않는 것이다! 그러나 구원이 좀 더 지체되었더라면 결국 내가 화를 내고 말지나 않았을까? 구원이 찾아왔기 때문에 그건 별문제가 되지 않았다. 비록 그것이 팽팽하게 당겨진 줄이 끊어지면서 생긴 안도감에 불과하거나, 숨이 막힐 듯한 날에 갑자기 터지는 우레와 같다고 하더라도 나는 구원이라 부르리라. 최소한 그건 변화였고, 그 일은 순식간에 찾아왔던 것이다.

14장

어느 일요일 아침 교회로 걸어가면서 나는 귀여운 마일스는 옆에 두고, 그의 누이동생은 그로스 부인과 함께 우리 앞에, 눈에 잘 보이는 거리에 두었다. 상쾌하고 청명한 날씨인 데다 오랜만에 보는 좋은 날이었다. 간밤에 서리가 약간 내려 맑고 상큼한 가을 공기가 교회 종소리를 유쾌하게 들리도록 했다. 그런 순간 내가 보호하고 있는 어린 존재들의 유순한 태도에 특히 매우 고마운 느낌이 든 건 참으로 이상한 생각이었다. 어째서 이 아이들은 냉혹하리만큼 언제나 내가 그들과 함께 있는데도 한 번도 분개하지 않을까? 이런저런 일들로 내가 어린 소년을 장악하다시피 했고, 더욱이 우리의 친구들을 앞에 배치하여 어떤 반란의 위험에 대비하고 있다는 인상을 주었다는 생각도 들었다. 나는 있을지도 모를 기습과 탈주에 감시의 눈초리를 번득이는 간수와 같았다. 그러나 아이들의 탄복할 만한 순종은 가장 기이한 사실들을 특별하게 위장한 데 지나지 않는다. 예쁜 조끼를 걸친 마일스는 당당하고 귀여운 태도로, 뽐내는 게 뭔지 알고 있던 삼촌의 솜씨 좋은 재단사가 마련한 나들이옷을 입고 있었다. 그 아이에게는 독립을 누릴 온전한 자격과, 남자로서의 위치와 상황에 대한 권리 따위가 또렷이 있었기에, 만일 자유를 얻으려고 갑자기 탈출한다면 나는 응당 아무 말도 할 수 없었을지 모른다. 틀림없이 혁명이라도 일어난다면 나는 정말 기이한 우연으로 어떻게 그를 만나야 할지 궁리하였다. 내가 혁명이라고 부른 이유는, 그가 하는 말로 보건대 내 무서운 연극의 마지막 장 위로 커튼이 오르고 이제 이 연극이 파국으로 치달을 것을 예상할 수 있었기 때문이다. "여길 보세요, 선생님." 마일스는 우아하게 말했다. "전 대체 언제 학교로 돌아가죠?"

이렇게 옮겨 놓으면 이 말에 전혀 악의가 없는 듯하고, 특히 감미롭고 낭랑하게 우연히 입 밖으로 나온 소리가 되면 더욱 그러하다. 이런 소리로 마일스는 마치 장미꽃을 내던지는 듯한 억양을 그와 대화를 나누는 모든 사람들과, 무엇보다 자신의 영원한 가정 교사에게 구사한 것이다. 그 억양에는 언제나 사람을 '멈칫하게' 하는 구석이 있었지만, 아무튼 나는 지금 너무나 극적으로 멈칫한 탓에 마치 공원의 나무 한 그루가 쓰러져 길을 막기라도 한 듯 갑자기 걸음을 멈추었다. 당장 우리 사이엔 뭔가 새로운 일이 일어났던 것이다. 내가 여느 때보다 다소 솔직하지 못하거나 우아하지 않게 보일 필요는 전혀 없었지만, 나는 그렇게 보였다고 느꼈다. 내가 얼른 대답할 말을 찾지 못한 사이 그가 자신이 이미 획득한 고지를 어떻게 즐기고 있는지 알 수 있었다. 마일스는 내가 깨닫는 데 너무 느렸기 때문에 곧 암시적이고 여운을 띤 미소로 말을 계속했다. "선생님은 아시겠죠. 사내아이가 항상 숙녀와 함께 지낸다는 게 어떤지!" 내겐 '선생님'이라고 말한 마일스의 목소리가 계속 맴돌았고, 아이들에게 심어 주려는 정감 어린 색조를 이 같은 다감한 친밀감보다 더 정확히 표현할 수 있는 방도가 없었다. 그건 너무나 훌륭하리만큼 쉬웠다.

하지만 나는 이제 정말 할 말을 찾아야 한다고 느꼈다! 나는 시간을 벌기 위해 웃으려 했고, 기억건대 나를 지켜보는 그의 아름다운 얼굴에서 내가 얼마나 추하고 괴이하게 보였는지 알 것 같았다. "그래, 늘 똑같은 숙녀하고 말이지?" 내가 대꾸했다.

마일스는 얼굴이 창백해지지도, 눈을 깜박거리지도 않았다. 우리 사이엔 모든 일이 펼쳐진 거나 다름없었다. "물론 그 여자분은 유쾌하고 '완벽한' 숙녀겠죠. 하지만 결국 전 사내아이가 아닌가요? 말하자면 철이 드는 거죠."

나는 여느 때보다 다감하게 거기서 마일스와 함께 잠시 머뭇거렸다. "아무렴, 넌 철이 들고 있지." 하지만 나는 무력감을 느꼈다!

나는 마일스가 나의 마음을 알고 비웃는 듯한 모습에 가슴이 무너질 것 같았던 그때의 느낌을 오늘날까지 간직하고 있다. "그럼 제가 지금까지 그렇게 나쁜 아이였다고 말씀하실 순 없겠죠?"

나는 그의 어깨에 손을 얹었다. 계속 걸어가는 편이 훨씬 낫다고 느꼈지만, 아직 그렇게 할 수 없었기 때문이다. "아니, 그렇게 말할 순 없지, 마일스."

"그날 밤만 빼고서요!"

"그날 밤이라니?" 나는 마일스처럼 똑바로 볼 수 없었다.

"제가 아래로 내려와 집 밖으로 나갔던 날 밤 말이에요."

"참, 그렇군. 하지만 난 네가 무엇 때문에 그렇게 했는지 잊어버렸단다."

"잊어버렸다고요?" 그는 어린애다운 책망으로 귀엽게 과장하며 말했다. "하긴 그건 제가 그런 짓을 할 수 있다는 걸 선생님에게 보여 드리기 위해서였어요!"

"그럼 그렇게 하려무나."

"그렇다면 다시 할 수도 있어요."

나는 곧장 정신을 가다듬었다고 느꼈다. "여부가 없지. 하지만 넌 하지 않을 거야."

"아뇨, 그걸 다시 하려는 게 아니에요. 대수롭지 않으니까요."

"그렇지," 내가 말했다. "하지만 우린 계속 가야 해."

마일스는 나와 팔짱을 끼고 걸음을 계속했다. "그럼 전 언제 학교로 돌아가요?"

나는 이 말을 곰곰이 생각하며 극히 책임감 있는 태도를 취했다. "넌 학교생활이 무척 즐거웠니?"

그는 잠시 생각에 잠겼다. "전 어디에서나 무척 즐거운걸요!"

"그렇다면," 나의 몸이 떨렸다. "여기서도 마찬가지로 즐거울 텐데!"

"하지만 그게 전부가 아니잖아요! 물론 선생님이 많은 걸 아실 테지만요."

"그러면 마일스도 나와 똑같이 안단 말이지?" 그가 말을 멈추자 나는 용기를 내어 물었다.

"알고 싶은 건 절반도 몰라요!" 마일스가 솔직히 고백했다. "하지만 그건 별로 큰 문제가 아니에요."

"그럼 뭐가 문제인데?"

"글쎄요, 인생을 더욱 알고 싶은걸요."

"알겠어, 물론이지." 우리는 교회가 바라다보이는 곳에 다다랐다. 블라이 저택에서 나온 다양한 부류의 사람들 서너 명이 뒤섞여 교회로 가는 도중, 우리가 들어가는 모습을 보려고 입구 주변에 모여들었다. 나는 발걸음을 재촉했다. 우리 사이의 문제가 더욱 진전되기 전에 거기 당도하고 싶었던 것이다. 나는 초조하게 그 문제를 생각했고, 마일스는 한 시간 이상 잠자코 있어야 했다. 교회에 가면 비교적 컴컴한 곳에 좌석이 있고, 무릎을 꿇고 영적 은총을 쉽게 얻을 수 있을 거라 기대하며 나는 생각에 잠겼다. 나는 사실 마일스가 유도하는 어떤 혼란과 경주를 하는 듯했다. 그러나 우리가 교회 마당에 들어서기도 전에 마일스가 불쑥 이런 말을 하자, 나는 그가 경주에서 이겼음을 감지했다.

"전 저와 비슷한 사람을 원해요!"

이 말을 듣고 나는 뛰쳐나갈 뻔했다. "마일스와 닮은 사람은 많지 않을 텐데!" 나는 웃음을 터뜨렸다. "아마 귀여운 플로라를 빼고는!"

"정말로 절 그런 어린 여자아이와 비교하세요?"

이 말이 이상하게도 나를 궁지로 몰았다. "그렇다면 어여쁜 플로라를 사랑하지 않니?"

"만일 아니라면……, 선생님도 그러실 테죠. 만일 아니라면……!" 그가 마치 뜀뛰기를 하려고 뒤로 물러서려는 듯이 말을 반복하다 생각을 멈추고 팔에 힘을 주어 나를 압박했기 때문에, 우리는 교회 입구에 들어간 후에 다시 걸음을 멈추어야 했다. 그로스 부인과 플로라가 교회당 안으로 들어가자 다른 예배자들도 따라 들어갔지만, 우리는 낡고 둔탁한 무덤 사이에 잠시 단둘이 남았다. 우리는 교회 문 앞에서 뻗은 길 위에 놓인 나지막한 장방형의 탁자 같은 묘비 옆에서 걸음을 멈추었다.

"그럼, 만일 네가 아니라면?"

내가 대답을 기다리고 있는 동안 마일스는 묘비를 둘러보았다. "글쎄요, 아시잖아요!" 하지만 그는 꼼짝도 하지 않다가, 이윽고 갑작스레 휴식을 취하려는 듯이 말을 꺼내 석대 위에 나를 털썩 주저앉게 만들었다. "삼촌도 선생님처럼 생각하실까요?"

나는 겉으로 보일 만큼 잠자코 있었다. "넌 내 생각을 어떻게 알지?"

"그야 물론 모르죠. 선생님이 제게 말한 적이 없으니까요. 하지만 삼촌은 알고 계실까요?"

"뭘 안다는 거지, 마일스?"

"제가 하고 있는 방식 말이에요."

나는 어떻게든 주인을 희생시키지 않고선 이 질문에 대답할 수 없음을 즉시 파악했다. 그러나 우리 모두가 블라이에서 그것에 신경 쓰지 않을 만큼 상당한 대가를 치렀다는 생각이 들었다. "네 삼촌은 그다지 염두에 두지 않으실 것 같은데."

이 말을 듣자 마일스가 일어나 나를 보았다. "그렇다면 삼촌이 염두에 두실 순 없을까요?"

"어떤 방법으로?"

"이곳에 내려오신다면요."

"하지만 누가 그렇게 하지?"

"제가 하죠!" 소년은 너무나 밝고 강하게 말했다. 그런 표정으로 가득 찬 모습을 다시 보이며 마일스는 교회 쪽으로 혼자 성큼 걸어갔다.

15장

내가 마일스를 따라 들어가지 못한 순간부터 사실상 일은 끝난 셈이었다. 나는 가엾게도 심적 동요에 굴복하고 말았고, 이것을 알면서도 어떻게든 나를 복구할 힘을 찾지 못했다. 나는 묘비 위에 앉아 어린 친구가 내게 말한 의미를 요모조모 따져 볼 따름이었다. 그 의미를 완전히 알게 되자 내 아이들과 나머지 예배 참석자들에게 그토록 주저하던 모습을 보여 주기 창피하여 교회에 들어가지 않은 핑계까지 머릿속에 떠올렸다. 무엇보다 마일스가 나한테서 뭔가 알아냈다는 증거가 바로 내가 당한 이처럼 어색한 수모라고 중얼거렸다. 그 아이는 내가 뭔가 무척 두려워하는 일이 있음을 알고, 자신의 목적을 위해 보다 많은 자유를 얻으려고 나의 두려움을 적절히 이용했다. 나의 두려움이란 마일스가 학교에서 쫓겨난 이유에 대한, 참을 수 없는 문제를 처리해야 하는 일이다. 왜냐하면 이것이 바로 배후에 쌓인 끔찍한 문제가 되기 때문이다. 엄밀히 말해 지금 내가 간절히 바라는 해결책은 그의 삼촌이 와서 나와 함께 이 일을 처리하는 것이다. 하지만 나는 그 일에 수반되는 추악함과 고통을 쉽게 마주할 수 없었기 때문에, 시간을 끌며 겨우 연명이나 할 따름이었다. 나로서 무척 당혹스러운 건 이 소년이 매우 정당한 입장에서 나한테 이렇게 요구할 수 있다는 점이었다. "제 보호자와 논의하여 제가 이렇게 공부를 중단한 이유를 해결하시든가, 아니면 선생님과 함께 지내야 하는 너무나 부적합한 생활을 더 이상 영위하지 않도록 해 주세요." 내가 관심을 두고 있는 특별한 소년에게 너무나 부적합한 것이란 이런 생각과 계획을 갑자기 드러내는 일이다.

이런 생각이 압도하여 나는 교회에 들어갈 수가 없었다. 나는 망설이고 배회하며 교회 주변을 맴돌았다. 나는 마일스와 함께 있다가 이미 치유할 수 없을 만큼 상처를 입었다고 생각했다. 그 결과 나는 어떤 일도 수습할 수 없었고, 그의 옆을 비집고 들어가 교회 좌석에 앉기란 너무나 벅찬 노력이 필요한 일이었다. 그는 여느 때보다 확고히 내 팔짱을 끼고서 한 시간은 족히 나를 거기에 앉히고, 우리가 나눈 이야기에 대한 자신의 의견을 혼자 반추할 것이다. 그가 여기 도착하던 바로 그 순간부터 나는 어디론가 벗어나고 싶었다. 높다란 동쪽 창문 아래 발길을 멈추고 예배 소리에 귀를 기울이며, 나는 어떤 충동에 사로잡혀, 그것에 조금이라도 영합하면 완전히 정복당할 것 같은 기분을 느꼈다. 어디론가 종적을 감춘다면 나의 곤경에 쉽사리 종지부를 찍을 수 있을 지도 모른다. 지금이 기회이며, 나를 막을 사람은 아무도 없다. 나는 모든 것을 포기하고 등을 돌려 물러날 수 있다. 많은 하인들이 교회에 가느라 비우다시피 한 집으로 급히 되돌아가 몇 가지만 준비하면 끝날 문제였다. 요컨대 내가 필사적으로 도망간들 누가 책망할 수 있겠는가. 단지 저녁때까지만이라도 어디론가 나갔다 온다면 어떻게 될까? 그건 두 시간 정도 걸릴 테고, 시간이 종료되면(나의 예리한 예측에 따르면) 귀여운 학생들은 내가 그들 뒤를 따라오지 않은 데 천진난만한 호기심을 가장하리라.

"나쁜 선생님, 어떻게 된 거예요? 대체 왜 우리를 그토록 걱정하게 만들고, 바로 교회 문 앞에서 우리를 버렸나요? 우리가 한눈팔게 만들었잖아요?" 나는 그런 질문을 참지 못할뿐더러, 아이들이 질문할 때 던지는 작고 사랑스러운 태연한 눈길도 견딜 수 없으리라. 하지만 이것이 바로 내가 마주쳐야 할 모든 일이므로, 나는 앞으로 전개될 사태가 선명히 떠오르자 마침내 떠나기로 작정했다.

급박한 순간이 되자 나는 밖으로 나갔다. 곧장 묘지를 벗어나 골똘히 생각에 잠겨 공원을 건너 발길을 되돌렸다. 집에 도착했을 때, 나는 이미 도망칠 결심을 했다고 생각한다. 출입구는 물론 그림자조차 없는 일요일, 집 안의 정적이 지금이 곧 기회라는 느낌을 강하게 심어 주었다. 만일 내가 이렇게 황급히 나간다면 아무 소동이나 말도 없이 달아나는 셈이 되리라. 그러나 재빨리 달아난다는 건 필경 남의 눈에 띌 테고, 교통편을 해결하는 일도 큰 문제였다. 나는 여러 가지 어려움과 장애물로 복도에서 고통을 겪다 계단 밑에 쓰러졌던 것을 기억한다. 계단 맨 아래에 갑자기 쓰러지자 그 반동으로 이곳이 바로 한 달 전에, 밤의 어둠 속에서 악의 기운으로 의기소침하던 내가 끔찍스럽기 그지없는 여자 유령을 보았던 장소라는 생각이 떠올랐다. 그때의 일을 생각하니 몸을 바로 세울 수 있었다. 나는 어리둥절한 채 계단 위로 올라가다, 내가 가져가야 할 소지품이 있는 공부방으로 갔다. 그러나 문을 열자 돌연히 내 눈이 다시 열리는 걸 깨달았다. 나는 내가 목격한 것을 앞에 두고 얼떨결에 저항하는 자세를 취했다.

나는 어떤 사람이 한낮의 청명한 햇볕을 받으며 내 책상에 앉아 있는 모습을 보았다. 이전의 체험이 없었더라면, 응당 나는 첫눈에 아마 집을 돌보기 위해 남아 있던 어느 하녀가 사람이 없는 절호의 기회를 이용하여, 공부방의 책상과 나의 펜과 잉크와 종이를 사용하여 자신의 애인에게 편지를 쓰느라 끙끙거리고 있다고 착각했을지 모른다. 그 인물은 책상 위에 팔을 괴고 피로가 역력한 모습으로, 손으로 머리를 받치고 있는 자세에 뭔가 노력이 엿보였다. 그러나 이것을 알아챈 순간, 내가 들어섰는데도 여자의 자세가 이상스러울 만큼 그대로 지속되고 있음을 알게 되었다. 그러자 자기 존재를 알리겠다는 듯이 자세를 바꾼 여자의 실체가 갑작스레 확연히 드러났다. 그녀는 마치 내 소리를 듣지 않았다는 듯이 형용할 수 없이 극도로 무관심하고 초연한 음울함을 지닌 채 자리에서 일어나, 나한테서 열댓 걸음 떨어진 곳에 나의 비열한 전임자로 등장했다. 수치심이 어린 슬픈 모습으로 그 여자가 바로 내 앞에 우뚝 선 것이다. 그러나 내가 자세를 고정하고서 기억에 담아 두려고 그 모습을 새기자 무서운 이미지는 사라지고 말았다. 검은 옷을 걸친 파리한 아름다움과 말로 표현할 수 없는 고뇌에 찬 암흑 같은 모습의 그녀가, 자신이 내 책상에 앉은 건 내가 그녀의 책상에 앉는 것과 똑같은 권리가 된다고 분명히 말하려는 듯이 오랫동안 나를 주시했던 것이다. 이런 순간이 지속되는 동안 나는 실로 등골이 오싹하리만큼 내가 침입자라는 느낌을 가졌다. 내가 실제로 그녀를 두고 "끔찍하고 가련한 여인이여!"라고 부른 건 나의 공포에 대한 격렬한 항의에서였다. 나도 모르게 지른 소리는 열린 문을 통하여 긴 복도를 지나 빈집을 울렸다. 그 여자는 내 소리를 들은 듯이 나를 쳐다보았지만, 나는 자신을 가다듬고 기분을 전환했다. 다음 순간 방 안에는 햇볕과 내가 여기 머물러야 한다는 느낌 외에는 아무것도 없었다.

16장

아이들이 돌아오면 소동이 일어날 것이 너무나 분명했기 때문에, 나는 아무 말 없이 교회에 들어가지 않았던 이유를 궁리하느라 새삼스레 당황하였다. 그러나 아이들은 쾌활한 척 나를 어르고 달래는 대신, 내가 그들을 저버린 데 아무런 언급도 하지 않았다. 나는 역시 한마디도 하지 않는 그로스 부인의 묘한 안색을 살피며 잠시 가만히 있었다. 내가 부인의 안색을 살핀 의도는 아이들이 그녀에게 침묵을 유도했다고 확신하려는 것이었는데, 나는 우선 단둘이 만나게 되면 이 침묵을 깨뜨리리라 마음을 먹었다. 그 기회는 차를 마시기 전에 찾아왔다. 방금 구운 빵 냄새가 풍기는, 깨끗이 쓸고 단장한 어스름한 가정부의 방에서 우리가 오 분간 마주했을 때, 나는 고통을 간직한 채 평온하게 난로 앞에 앉아 있는 부인의 모습을 보았다. 난롯불이 타고 있는 어두컴컴한 방에서 등받이가 꼿꼿한 의자에 앉아 불꽃을 들여다보는 모습은, 큼직하고 청결하게 그려진 '감금된 자'(밀폐되고 잠기어, 꼼짝달싹 못 하는 장롱)의 이미지를 띠었기에, 나는 부인의 본래 모습을 온전히 보게 되었다.

"그럼요, 그 애들이 저더러 아무 말도 하지 말라고 했어요. 그래서 당연히 애들을 기쁘게 해 주려고 약속을 했답니다. 아이들이 있는 데서만요. 그런데 도대체 무슨 일인가요?"

"난 당신과 산책 삼아 나갔을 뿐인걸요." 내가 말했다. "그런 다음 친구를 만나려고 돌아와야 했죠."

부인은 놀라운 빛을 띠었다. "친구라뇨, 선생님이?"

"아, 그럼요. 두 명이나 되는데!" 나는 웃음을 지었다. "그런데 아이들은 당신에게 핑계를 댔나요?"

"선생님이 자신들을 떠난 걸 언급하지 말라는 이유 말인가요? 그럼요, 선생님이 그걸 더 바라실 거라고 말하더군요. 정말 그런가요?"

내 얼굴을 보며 부인은 슬픈 빛을 띠었다. "아뇨, 그건 정말 아닌데!" 그러나 잠시 후 나는 말을 덧붙였다. "아이들이 내가 그걸 더 바란다고 생각하는 이유를 말하던가요?"

"아뇨, 마일스 도련님은 '우린 선생님이 좋아하시는 것만 하면 돼.'라고 말했을 따름이에요!"

"정말 그랬으면 좋을 텐데! 그리고 플로라는 무슨 말을 했어요?"

"플로라 아가씨는 너무나 깜찍해요. '아, 물론이고말고요!'라고 말하더군요. 그리고 저도 마찬가지예요."

나는 잠시 생각에 잠겼다. "당신도 너무나 잘 처신했어요. 당신이 지금 하는 말은 모두 그럴듯하군요. 하지만 마일스와 난 모든 걸 털어놓았답니다."

"모든 걸 털어놓았다고요?" 내 동료는 유심히 나를 응시했다. "그게 뭐죠, 선생님?"

"모든 것이죠. 문제 될 건 없어요. 난 마음을 정했거든요. 난 집으로 돌아왔어요." 나는 말을 이었다. "제셀 양과 이야기를 하려고요."

그 무렵 나는 그런 이름을 언급하기 전에 정말 그로스 부인을 솜씨 있게 장악하는 방법을 터득했다. 부인이 이제 겨우 내가 무슨 말을 하고 있는지 낌새를 알아채고 용감하게 눈을 깜박거리자, 나는 그녀를 다소 안심시킬 수 있었다. "이야기라뇨! 그 여자가 입을 열었단 말인가요?"

"거의 다름없어요. 돌아와서 보니 그 여자가 공부방에 있더군요."

"그래, 그 여자가 무슨 말을 했나요?" 나는 망연하고 솔직하면서도 선량한 부인의 목소리를 아직도 들을 수 있을 지경이었다.

"자기가 고통에 몸서리친다고요!"

내가 시작한 그림을 마무리하면서 부인의 입을 벌어지게 만든 건 바로 이 말이었다. "그러니까," 부인이 말을 더듬거렸다. "죽은 사람의 고통이란 말인가요?"

"죽은 사람이죠. 저주받은 자들이랍니다. 그래서 이유가 되죠. 아이들과 함께 나누는……." 나는 이 말에 담긴 공포로 말을 더듬거렸다.

그러나 상상력이 부족한 내 동료는 말을 멈추지 않았다. "아이들과 함께라뇨?"

"그 여자는 플로라를 노리고 있어요." 이 사실을 알려 주며 나는 부인이 꽤나 멀찌감치 나가떨어질지 모른다고 각오했다. 내 각오를 보여 주려고 나는 여전히 부인을 잡고 있었다. "하지만 이미 말했듯이 문제 될 건 없어요."

"선생님께서 마음을 정했기 때문인가요? 그런데 무엇에다가요?"

"모든 것에요."

"그럼 '모든 게' 뭐죠?"

"알잖아요. 아이들의 삼촌을 불러오는 거죠."

"에구머니, 선생님, 제발 그렇게 하세요." 내 친구는 소리를 질렀다.

"그래요, 난 하겠어요, 정말로! 다른 방법이 없는걸요. 당신에게 말했듯이 마일스와 마음속을 '털어놓았다'는 건 나의 두려움을 유발하게 되고, 게다가 이 때문에 그 아이가 덕을 본다고 여긴다면, 결과적으로 아이 자신의 실수가 되는 셈이죠. 아무렴요. 그 아이 삼촌은, 만약 당장 필요하다면 소년을 앞에 불러 놓고라도 나한테 보고를 듣게 될 거예요. 다른 학교를 다시 알아보는 데 내가 아무것도 한 게 없다고 책망받아야 한다면요."

"그럼요, 선생님." 내 동료가 다그쳤다.

"정말, 그런 끔찍한 이유가 있을 줄이야."

나의 가련한 동료에게는 이제 명백히도 너무나 많은 이유가 대두된 탓에, 그녀가 얼른 내용을 알아차리지 못할지라도 용서가 되었다. "그렇다면 어떤 이유 말인가요?"

"아이가 다니던 학교에서 온 통지서죠."

"그걸 주인님에게 보여 드릴 건가요?"

"즉시 그렇게 해야 해요."

"아니, 그건 안 돼요!" 그로스 부인이 단호하게 말했다.

"난 그분에게 보고하겠어요." 나는 냉혹하게 말을 계속했다. "퇴학당한 아이를 위해 문제를 해결할 순 없다고요."

"우린 도무지 무엇인지도 몰랐으니까요!" 그로스 부인이 소리 높여 말했다.

"사악한 짓거리 때문이죠. 달리 뭐가 있겠어요? 그렇게 아름답고 총명하고 흠잡을 데 없으니 마땅하죠. 그 아이가 우둔해요? 지저분해요? 나약해요? 성격이 나빠요? 아이가 우아하다 보니 그것밖에 문제될 게 없어요. 그렇다면 그게 모든 문제의 단서가 돼요. 아무튼," 나는 말했다. "그건 아이 삼촌의 잘못이죠. 여기에 그런 작자들을 내버려 두었으니!"

"주인님은 정말 조금도 그들을 알지 못했답니다. 모두 제 잘못이죠." 부인의 안색이 창백했다.

"당신은 고통받을 필요가 없어요." 나는 대답했다.

나는 잠시 입을 다물었고, 우리는 마주 바라보았다. "그렇다면 그분에게 뭐라고 해야 하죠?"

"선생님은 어떤 것도 말할 필요가 없어요. 제가 말씀드릴 테니까요."

나는 이 말을 궁리해 보았다. "당신이 글을 쓰겠다는……?" 나는 부인이 글을 모른다는 생각이 나서 말머리를 돌렸다. "어떻게 알리죠?"

"집달리한테 써 달라고 하죠."

"그럼 우리 애기를 알리겠단 말인가요?"

충분히 의도하지는 않았지만 나의 물음에 비꼬는 투가 역력했기 때문에 부인은 잠시 후 괜스레 울고 말았다. 그녀의 눈에 다시 눈물이 고였다. "아, 선생님이 써 주세요!"

"좋아요, 오늘 밤에." 이윽고 내가 대답했고, 이 말과 함께 우리는 헤어졌다.

17장

나는 저녁에 편지를 쓰려고 했다. 날씨는 원래대로 돌아와 바깥에는 세찬 바람이 불었고, 평온한 모습의 플로라를 방에 눕힌 나는 램프 아래 아무것도 적히지 않은 종이 한 장을 놓고 오랫동안 앉아 세찬 빗소리와 덜거덕거리는 돌풍에 귀를 기울였다. 그러다 나는 촛불을 들고 밖으로 나섰다. 복도를 지나 마일스의 방문 앞에서 잠시 귀를 기울였다. 끝없는 집착으로 귀를 기울인 이유는 그가 잠들지 않았다는 기척 때문이었다. 그러나 내 기대와 달리 마일스의 목소리가 새어 나왔다. "거기 계시죠. 들어오세요." 어둠 속에서 쾌활한 목소리가 들려왔다.

촛불을 들고 들어가자 두 눈을 둥그렇게 뜨고 무척 편안한 자세로 침대에 누워 있는 마일스의 모습이 보였다. "그런데 뭘 하시려던 참이었어요?" 아이가 애교 섞인 목소리로 물었다. 이 말을 듣자 나는 그로스 부인이 옆에 있었더라면 무엇이든 '꺼져 버린' 증거를 찾는 데 헛수고를 했을지 모른다는 생각이 들었다.

나는 촛불을 든 채 아이를 굽어보며 섰다. "내가 밖에 있다는 걸 어떻게 알았지?"

"그야 물론 소리를 듣고 알았죠. 선생님이 전혀 소리를 내지 않았다고 생각하세요? 마치 기병대 소리 같았는걸요!" 마일스는 보기 좋게 웃었다.

"그러면 넌 잠들지 않았구나?"

"물론이죠! 눈을 뜨고 누워 생각을 했거든요."

나는 일부러 촛대를 약간 떨어진 곳에 놓고 나서, 마일스가 내게 보드라운 손을 내밀자 침대 모서리에 앉았다. "네가 생각한 게 뭔데?" 나는 물었다

"선생님에 관한 생각이 아니라면 달리 뭐겠어요?"

"그렇게 생각해 주는 건 고맙지만 그럴 필요까지는 없어. 나는 네가 자는 편이 훨씬 좋으니까."

"글쎄요. 아시겠지만 전 우리 사이에 생긴 괴상한 일을 생각해요."

나는 작고 굳센 그의 손이 서늘해지는 걸 눈여겨보았다. "뭐가 괴상하다는 거니, 마일스?"

"선생님이 절 가르치시는 방법 말이에요. 그리고 나머지 모든 일들도!"

나는 잠시 동안 완전히 숨을 죽였다. 깜박거리는 작은 촛불

만으로도 베개를 벤 채 내게 미소 짓는 마일스의 모습이 또렷이 보일 정도였다. "나머지 모든 일이라니?"

"다 아시면서요, 그렇고말고요!"

나는 한동안 아무 말도 할 수 없었다. 마일스의 손을 잡고 계속 마주 보자 나의 침묵이 그의 비난을 고스란히 시인하는 셈이 되었고, 바깥의 온갖 현실도 그 순간 우리의 실제 관계만큼은 믿기 어려울 거라고 느꼈다. "틀림없이 넌 학교로 돌아갈 거야." 나는 말했다. "그 일 때문에 네가 괴로워한다면 말이지. 하지만 전에 다니던 학교가 아닌, 더 나은 학교를 찾아야지. 넌 내게 한 번도 말하지 않았고, 그걸 전혀 언급한 적이 없는데, 이 문제로 괴로워한다는 걸 내가 어떻게 알 수 있었겠니?" 미끈하고 뿌옇게 보이는 아이가 말쑥한 얼굴로 귀를 기울이는 모습이, 생각에 잠겨 아동 병원에 누워 있는 어떤 환자처럼 불현듯 뭔가 호소하는 듯 보였다. 그런 유사성이 떠오르자 나는 아이를 치유하는 데 도움을 줄지도 모를 자선 단체 간호사나 수녀가 되기 위해 내가 세상에서 소유한 모든 것을 실제로 던질 것만 같았다. 아무튼 지금 상태로나마 내가 도움을 줄 수 있을지도 모르리라! "네가 학교에 대하여 한마디도 말한 적이 없었다는 걸 알지? 전에 다니던 학교 말이야. 어쨌든 한번도 그걸 언급하지 않았지?"

마일스는 뭔가 궁리하는 듯하다 여전히 사랑스러운 미소를 지었다. 하지만 그는 분명히 시간을 끌며 자기를 안내할 인물을 기다리고 있었던 것이다. "그랬나요?" 마일스를 도울 사람은 내가 아니었고, 내가 만난 적이 있는 어떤 존재였다.

이 대답을 듣고 나서 마일스의 말투와 얼굴 표정에 뭔가 일찍이 알지 못했던 고통이 서려 내 가슴을 저리게 하였다. 마일스가 머리를 짜내며 당혹스러워하는 것과, 자신에게 내려진 눈에 보이지 않는 주술에 묶여 순진하면서도 일관된 태도를 보이려고 신통치도 않은 재간을 부리는 모습이 이루 말할 수 없이 감동적이었다. “그래, 한 번도 없었어. 네가 돌아온 그때 이후로 말이야. 넌 선생님들과 동무들 얘기는 물론, 학교에서 네게 일어난 극히 사소한 일들조차 언급하지 않았어. 그렇게 해 본 적이 없었거든. 마일스, 정말이지 넌 학교에서 일어났을지도 모를 일을 내게 암시한 적도 전혀 없었어. 그러니 내가 아무것도 모른다는 걸 알 수 있겠지. 오늘 아침 그런 식으로 얘기를 꺼내기까지, 넌 나하고 만나기 전의 생활은 하나도 언급하지 않았어. 현재 생활에 완벽히 몰입하고 있는 듯이 보였으니까.” 내부에 감도는 희미한 고통의 숨결에도 불구하고 마일스가 남모르게 조숙하다고 절대적으로 확신하였기에(두려운 마음에서 내가 겨우 표현할 만한 사악한 영향이라고 하든 안 하든) 나는 그가 마치 어른인 듯이 접근하여 지적으로 나와 거의 동등한 존재로 여기게 되었다는 사실이 놀라웠다. “난 네가 지금 생활을 지속하기를 바라는 줄 알았지.”

이 말에 그가 약간 얼굴을 붉혀 나는 놀라고 말았다. 아무튼 마일스는 다소 고단한 기색의 회복기 환자처럼 나른하게 머리를 저었다. “그렇지 않아요, 정말이에요. 전 멀리 가고 싶은걸요.”

“블라이에 싫증 났니?”

"아뇨, 블라이를 좋아해요."

"그렇다면?"

"사내아이가 뭘 원하는지 아시잖아요!"

나는 마일스만큼 잘 알지 못한다고 느껴 잠시 그를 회피하고 말았다. "삼촌에게 가고 싶은 거니?"

이 말에 마일스는 다시 비웃는 듯한 귀여운 얼굴로 베개 위에서 몸을 움직였다. "그런 말로 회피할 순 없어요."

나는 잠시 입을 열지 못했다. 생각해 보니 이번에 얼굴을 붉힌 건 나였다. "난 회피하고 싶진 않은데!"

"설령 회피하려 하시더라도 선생님은 못 하실 거예요! 그렇고말고요!" 그는 아름다운 눈으로 나를 응시하며 누워 있었다. "삼촌이 여기로 오신 다음에 선생님이 모든 일을 처리하셔야 해요."

"그렇게 되면," 나는 정신을 가다듬고 되물었다. "넌 필시 멀리 떠나야 할 텐데."

"그게 바로 제가 바라는 것임을 모르세요? 삼촌에게 말씀드려야 할걸요. 선생님이 모든 사태를 유발했다고요. 엄청나게 많은 걸 말씀드려야 해요!"

마일스가 감정이 고조되어 이렇게 말하자, 나는 잠시 그의 눈길과 조금 더 마주치게 되었다. "그렇다면 마일스는 삼촌에게 어느 만큼 말씀드릴 작정이지? 삼촌이 네게 여러 가지를 물어보실 텐데!"

그는 궁리를 했다. "틀림없이 그러실 테죠. 하지만 무슨 일들 말이에요?"

"나한테 한 번도 말한 적이 없는 것들이지. 널 어떻게 해야 할지 결정해야 하니까. 삼촌이 널 다시 돌려보낼 순 없을 테니까."

"저도 돌아가고 싶진 않아요!" 그가 불쑥 말했다. "전 새로운 영역을 원하거든요."

마일스는 놀라우리만큼 평온하게, 흠잡을 데 없이 적극적이고 쾌활하게 말했다. 그 어조는 바로 의심할 나위 없이 석 달 정도가 지나면, 그가 이 모든 허세와 더불어 더욱 큰 수치심을 안고 이곳에 다시 나타날 거라는 통렬한 느낌, 다시 말해 어린아이에게는 어울리지 않는 비극을 강렬히 환기시켰다. 나는 견딜 수 없는 생각에 사로잡혀 그만 자제력을 잃고 말았다. 마일스에게 몸을 던지며 나는 부드러운 연민 속에 그를 껴안았다. "귀여운 마일스, 귀여운 마일스!"

내가 얼굴을 가까이 대자 마일스는 단지 너그러운 기분으로 나를 받아들이며 키스를 허락했다. "글쎄요, 선생님?"

"정말 나한테 말하고 싶은 게 아무것도 없니?"

그는 얼굴을 조금 돌려 벽 쪽을 보았다. 그리고 손을 올려 병든 아이들처럼 벽을 바라보았다. "말씀드렸잖아요, 오늘 아침에."

내가 아이에게 실수를 했다는 생각이 들었다! "널 괴롭히지 말라는 얘기지?"

마일스는 이제야 내가 자기를 이해한다는 걸 수긍하는 듯이 고개를 돌려 나를 보았다. 그리고 나서 여느 때처럼 부드럽게 대꾸했다. "혼자 내버려 둬요."

그 말에는 야릇한 위엄조차 감돌았다. 이로 말미암아 나는 마일스의 손을 풀어 주고 천천히 일어나 애매하게 그의 옆을 맴돌았다. 나는 마일스를 괴롭힐 마음은 추호도 없었지만, 이 말을 듣고 나니 그를 배신한다는 것은 아이를 포기하거나, 아니면 더욱 솔직히 말해 잃어버리는 셈이 된다는 생각이 들었다. "난 지금 막 네 삼촌에게 편지를 쓰려던 참이었어." 내가 말했다.

"그렇다면 마저 끝내세요!"

나는 잠시 기다렸다. "전에 무슨 일이 있었지?"

그는 다시 나를 응시했다. "전에라뇨?"

"네가 돌아오기 전 말이야. 그리고 어디론가 가기 전에."

마일스는 한동안 잠자코 있었지만 계속 내 눈을 주시했다. "무슨 일이 생겼나요?"

여리게 떨리는 나의 어투를 그가 맨 처음 감지했다는 생각이 들자, 나는 침대 곁에 무릎을 꿇고 다시 한번 아이를 소유할 기회를 포착하였다. "귀여운 마일스, 귀여운 마일스, 내가 얼마나 널 돕고 싶어 하는지 알고 있겠지! 단지 그뿐이야. 더 이상은 없어. 네게 고통을 주거나 나쁜 짓을 할 바엔 죽어 버리고 말겠어. 네 머리털 하나라도 다치게 할 바엔 차라리 죽어 버릴 거야. 귀여운 마일스." 나는 너무 지나치긴 했지만 드디어 말을 꺼내고 말았다. "단지 널 구할 수 있도록 나를 도와줘!" 그러나 이 말을 한 순간, 나는 자신이 너무 지나쳤다는 것을 알았다. 내 호소에 대한 응답이 즉각 나타났기 때문이다. 하지만 그건 이상한 돌풍과 서늘함, 그리고 얼어붙은 대기 같은 광풍과 폭풍으로 창문이 부서질 만큼 방 안이 요동치는 모습으로 다가왔다. 소년이 외마디 비명을 질렀지만, 그건 충격으로 인한 다른 소리에 흡수되어 가까이 있던 나조차 환희의 소리인지 공포의 소리인지 분간할 수 없었다. 나는 다시 벌떡 일어났고 방 안이 어두워진 것을 알았다. 그래서 우리가 잠시 그대로 머무는 동안 주위를 돌아보다, 쳐 놓은 커튼이 꼼짝도 하지 않고 창문이 단단히 닫혀 있음을 발견했다. "어쩌나, 촛불이 꺼져 버렸네!" 나는 그제야 소리쳤다.

"제가 껐어요, 선생님!" 마일스가 대답했다.

18장

다음 날 수업이 끝난 다음 그로스 부인이 기회를 살펴 내게 살며시 말을 건넸다. "편지를 썼나요, 선생님?"

"그럼요, 벌써 썼죠." 하지만 나는 밀봉하고 주소를 적은 내 편지가 아직 주머니에 그냥 있다는 말을 덧붙이지는 않았다. 배달부가 마을로 나가기 전까지 그것을 부칠 시간은 충분하리라. 그사이 내 학생들은 더 이상 요란한 모습이 아닌, 더욱 얌전해진 태도로 아침을 맞이했다. 그건 정확히 말해 두 아이 모두 최근에 발생한 마찰을 어떻게든 무마시키려고 작심한 것만 같았다. 아이들은 나의 빈약한 지식의 범위를 훨씬 뛰어넘어 현기증이 날 만큼 놀라운 재간으로 산수 문제를 해치우고, 여느 때보다 기분이 들떠 지리와 역사 과목에 대하여 익살을 떨었다. 특히 마일스는 나를 무안하게 만드는 일이 너무나 쉽다는 것을 보여 주고 싶어 하는 표정이 역력했다. 내 기억으로 실제 이 아이는 말로 어떻게 표현할 수 없는 아름다움과 불행을 감추고 있었다. 그가 드러낸 모든 충동에는 자신만의 독특한 구석이 있었고, 이토록 솔직하고 자유롭고 귀여운 인간이 이보다 뛰어난 재능을 가진 비범한 꼬마 신사로 변모한 적은 일찍이 없었다. 나는 그 아이의 본질을 알면서도 경탄의 감정으로 지켜보기를 항상 경계해야 했다. 그런 꼬마 신사가 퇴학을 당하도록 학교에서 무슨 짓을 했을까 하는 수수께끼를 끊임없이 파고들어 부인하면서, 나는 한눈을 팔거나 낙담 어린 한숨을 쉬는 것도 억제해야 했다. 내가 알고 있는 어두운 존재로 말미암아 아이에게 모든 악의 상상력이 펼쳐졌다고 해야 하는 것일까. 그런 상상력이 실제 행위로 나타난 증거를 잡으려고 나의 내부에서 모든 정의감이 꿈틀거렸다.

아무튼 이처럼 끔찍한 날, 일찌감치 점심을 먹은 다음 마일스가 내게 다가와 반 시간 정도 피아노를 쳐도 될지 물었을 때, 그는 더없이 깜찍한 신사로 보였다. 구약에 나오는 사울왕에게 현악기를 연주해 준 다윗도 이처럼 절묘한 시간 감각을 보여 주진 못했으리라. 그건 솜씨와 아량을 정말 우아하게 과시하는 것이었고, 대뜸 말하는 투는 일품이었다. "우리가 책에서 즐겨 읽는 진정한 기사들은 자신에게 유리한 상황을 지나치게 몰아대는 법이 없죠. 전 지금 선생님 마음을 알아요. 선생님은 혼자 남아 추적당하지 않으려고 마음 졸이며 절 염탐하기를 포기하시고, 또한 선생님 곁에 붙들어 두지 않고 저를 마음대로 오가도록 하시겠죠. 그렇다면 전 '오기'는 하지만 가지는 않겠어요! 그럴 시간은 충분할 테니까요. 선생님과 함께 있으니 정말 기뻐요. 전 단지 하나의 원칙을 고수하기 위해 맞섰다는 걸 보여 드리고 싶어요." 내가 이 호소를 거부했는지, 아니면 다시 손을 잡고 공부방으로 가지 못했는지 상상할 수 있으리라. 마일스는 낡은 피아노 앞에 앉아 지금까지와 다르게 피아노를 쳤다. 그래서 나는 차라리 그 아이가 공이라도 차는 편이 낫다고 생각하는 사람들에게 전적으로 동조할 수 있을 뿐이었다. 왜냐하면 마일스가 준 영향 때문에 헤아리지도 못할 만큼 시간이 지난 다음, 나는 자리에서 그만 잠이 들고 말았다는 이상한 느낌으로 벌떡 일어났기 때문이다. 점심때가 지난 후였고, 나는 공부방의 난롯가에 있었지만 실제로는 조금도 잠이 들지 않았다. 나는 더욱 나쁜 일을 저지르고 말았다. 뭔가 깜빡 잊고 있었던 것이다. 그동안 플로라는 어디 있었을까? 마일스에게 물어보니 피아노를 조금 더 치다가, "제가 어떻게 알아요?"라고 대답할 뿐이었다. 이 말을 하고서 그는 연주에 맞춰 노래를 하듯 즐겁게 깔깔대다, 앞뒤가 맞지 않은 괴상한 노래를 하기 시작했다.

나는 곧장 내 방으로 가 보았으나, 그의 누이동생은 보이지 않았다. 그리고 아래층으로 내려가기 전, 다른 방들도 샅샅이 뒤졌다. 어디에도 플로라가 없었으므로, 나는 그 아이가 분명히 그로스 부인과 함께 있으려니 생각하고 마음을 진정시키며 계속 부인을 찾았다. 간밤에 있던 곳에서 부인을 찾았지만, 그녀는 무표정하고 겁에 질린 순진한 표정으로 나의 다급한 질문에 응답했다. 식사 후 내가 두 아이를 모두 데려갔을 거라는 부인의 생각이 옳았다. 특별한 이유 없이 어린 여자아이가 내 시야를 벗어나도록 한 건 실로 이번이 처음이었다. 물론 플로라는 지금쯤 하녀들과 있다고 여겨졌으니, 소란을 피우지 않고 아이를 찾는 일이 시급하였다. 우리는 지체하지 않고 일을 분담한 다음 각자 일을 수행하고 10분 후 복도에서 다시 만나기로 했다. 하지만 소란을 피우지 않고 조용히 찾아본 결과 그 아이를 찾는 데 완전히 실패했노라고 서로 보고할 뿐이었다. 남의 이목을 피해 그곳에 잠시 서서 우리는 잠자코 놀란 표정을 교환했다. 그리고 나는 그로스 부인이 얼마나 높은 이자를 붙여 내가 처음 그녀에게 주었던 모든 것을 다시 상환했는지 깨달았다.

"위층에 있겠죠!" 이윽고 부인이 말했다. "선생님이 가보지 못했던 방 말이에요."

"아뇨, 멀리 있어요." 나는 마음을 굳혔다. "밖으로 나간 거예요."

그로스 부인이 응시했다. "모자도 쓰지 않고서요?"

나는 자연스레 의미심장한 표정을 띠었다. "그 여잔 언제나 혼자 있어요."

"플로라와 함께 있단 말인가요?"

"그렇죠!" 나는 대뜸 말했다. "그 사람들을 찾아야 해요."

나는 친구의 팔을 잡았지만, 그런 사태를 파악한 부인은 잠시 내 강요에 응답하지 못했다. 오히려 그녀는 당장 자신의 불안감을 곱씹고 있었다. "그럼 마일스 도련님은 어디 있나요?"

"아, 그 아이는 퀸트하고 있어요. 공부방에 함께 있는 거죠."

"에구머니, 선생님!" 나는 이때처럼 느긋이 확신한 적이 없다는 것을 알고 어조까지 바꾸었다.

"속임수를 썼어요." 나는 말을 이었다. "그들은 자신들의 계획을 감쪽같이 실행하고 말았어요. 플로라가 어디론가 나갈 동안 마일스는 정말 귀신 같은 솜씨로 나를 조용히 붙들어 놓았거든요."

"'귀신 같은 솜씨'라뇨?" 그로스 부인이 어리둥절하여 말을 반복했다.

"말하자면 지옥 같은 거죠!" 나는 기뻐하는 듯이 대답했다. "마일스는 자신에 관해서도 대비해 놓았어요. 하지만 이리 오세요!"

부인은 어쩔 수 없이 위층을 향해 어두운 표정을 지었다. "마일스를 내버려 두려고요?"

"그처럼 오랫동안 퀸트와 있도록 내버려 둘 거냐고요? 그럼요, 이젠 상관하지 않아요."

이럴 때 부인은 언제나 내 손을 잡았고, 지금도 여전히 나를 붙잡을 수 있었다. 그러나 나의 급작스러운 체념에 잠시 숨을 헐떡거리다 그녀가 진지하게 말을 던졌다. "선생님 편지 때문인가요?"

나는 대답 대신 재빨리 내 편지를 더듬어 치켜들다 그로스 부인의 손을 놓고 복도에 놓인 커다란 책상으로 가서 편지를 그 위에 놓았다. "루크가 가져갈 거예요." 나는 돌아오면서 말했다. 나는 저택의 입구에 도달하여 문을 열고 계단을 밟았다.

내 동료는 아직 머무적거렸다. 지난밤과 이른 새벽의 폭풍도 멈추었지만 오후는 축축하고 음산했다. 내가 큰길로 내려가는 동안 부인은 입구에 서 있었다. "아무것도 걸치지 않고 나가세요?"

"아이가 아무것도 입지 않았는데 무슨 상관이 있겠어요? 갈아입을 새가 없는걸요." 나는 외쳤다. "당신이 그렇게 해야 한다면 나 혼자 가겠어요. 그동안 2층에나 가 봐요."

"그들과 함께 있으라고요?" 이렇게 말하며 가엾은 부인은 이내 나를 따라왔다!

19장

우리는 곧장 블라이에서 호수라고 부르는 곳으로 갔다. 그건 세상 구경을 못 한 내가 보기에도 눈에 띌 만큼 돋보이는 호수는 아니었지만, 그렇게 부르는 게 마땅하였다. 나는 호수와 그다지 친밀하지 못했던 것이다. 아무튼 아이들을 보호하겠다는 수차례의 동의 아래, 우리가 사용할 수 있도록 그곳에 매어 둔, 바닥이 평평한 낡은 보트를 타고 나아간 블라이의 못은, 넓고 물결이 일렁거린다는 인상을 주었다. 통상 배를 타는 곳은 집으로부터 800미터나 떨어져 있었지만, 나는 플로라가 어디에 있든 집에서 가까운 곳이 아닐 거라고 확신했다. 비록 사소한 모험일지언정 플로라는 내게서 몰래 빠져나간 적이 없었고, 내가 호숫가에서 그 아이와 그토록 엄청난 모험을 했던 날 이래, 나는 함께 산책할 때 플로라가 어디를 가장 가고 싫어 하는지를 알게 되었다. 내가 지금 머릿속에 생각해 둔 방향으로 그로스 부인의 발길을 유도한 건 이 때문이었다. 부인은 방향을 파악하자, 자신이 알지 못하는 새로운 사실에 직면할 때 나타나는 저항감을 떨쳐 버렸다. "호수로 가는 건가요, 선생님? 플로라가 거기 있다고 생각하세요?"

"글쎄요. 어디를 둘러봐도 으슥한 곳은 없지만요. 하지만 플로라는 얼마 전 내가 당신에게 말했던 장소에 분명히 있을 거예요."

"그 아이가 모른 체하던 때 말이죠?"

"정말 놀랄 만큼 침착하였죠! 난 플로라가 줄곧 그곳에 돌아가고 싶어 한다고 확신했거든요. 그런데 지금은 그 애의 오빠가 동생을 위해 행동을 했어요."

그로스 부인은 자신의 발길이 멈춘 곳에 아직 서 있었다. "아이들이 정말 그들에 관한 얘기를 한다고 생각하세요?"

나는 이 질문에 자신 있게 대답할 수 있었다! "우리가 엿듣는다면 저 애들은 우리를 파랗게 질리게 만들 일들까지도 할 거예요."

"그럼 플로라가 그곳에 있다면요?"

"있다면?"

"그렇다면 제셀 양도 있을까요?"

"물론이죠. 두고 보세요."

"에구머니!" 내 친구가 요지부동하며 외쳤기 때문에 나는 어쩔 수 없다고 생각하며 혼자서 곧장 걸어 나갔다. 하지만 내가 못가에 다다를 때까지 부인은 지척에 있었다. 그래서 나는,

부인이 걱정하는 대로 설령 내게 무슨 일이 일어날지라도, 그녀가 나와 함께 있는 것이 위험을 최소화하는 방법이라고 생각하고 있음을 알았다. 마침내 우리가 호수 전부를 거의 둘러봐도 아이가 보이지 않자, 부인이 안도의 신음 소리를 내쉬었다. 지난번 내가 플로라를 보고 그렇게 놀랐던 조금 더 가까운 둑 쪽에도 플로라의 흔적은 없었고, 20미터 정도의 호수 가장자리를 제외하고는 무성한 관목이 호수까지 내려온 건너편 끄트머리에서도 아무것도 보이지 않았다. 직사각형 모양의 못은 길이에 비하면 폭이 좁았기 때문에, 양끝이 시야에서 사라지면 초라한 강처럼 보일 만했다. 우리는 텅 빈 수면을 바라보았다. 그런 다음 부인의 눈이 암시하는 바를 알고 나는 거부하듯 고개를 흔들며 응답했다.

"아니, 아니, 기다려 보세요! 플로라가 보트를 타고 나갔을 테니까요."

나의 동료는 보트를 매어 두는 텅 빈 곳을 응시하다 다시 건너편을 바라보았다. "그렇다면 보트는 어디 있죠?"

"우리가 그걸 보지 못한 게 결정적인 증거가 돼요. 플로라는 보트를 타고 건너편으로 간 다음, 그걸 감쪽같이 감춰 둔 거예요."

"그 애 혼자서요?"

"혼자가 아니에요. 게다가 이럴 때 플로라는 어린아이가 아니거든요. 노련한 할머니 같으니까." 그로스 부인이 내가 조성한 기괴한 분위기 속에 다시 순순히 빠져들 동안 나는 못가를 두루 살펴보았다. 그런 다음 나는 못이 움푹 파여 생겨난 작은 도피처에 감쪽같이 보트가 감춰져 있을 거라고 지적했다. 그곳은 이쪽에서 볼 때, 불쑥 나온 둑과 수면 가까이 자라난 나무 덤불로 가려진 은신처였다.

"하지만 보트가 거기 있다고 하더라도 대체 플로라는 어디 있나요?" 내 동료가 걱정스럽게 물었다.

"그게 바로 우리가 알아야 하는 거죠." 그러고 나서 나는 앞으로 걸어가기 시작했다.

"돌아가려고요?"

"그럼요, 멀긴 하지만. 불과 10분이면 돼요. 하지만 어린아이가 걸어가기엔 너무 멀죠. 플로라는 곧장 건넜을 테니까."

"에구머니!" 내 친구가 다시 소리쳤다. 나의 추리 과정은 부인에게 너무나 벅찼던 것이다. 이번에도 그 때문에 부인이 따라왔지만, 절반 정도 돌아왔을 때(움푹 파인 구불구불한 바닥을 걷는 것은 지리한 여정이었고 무성히 자란 나무가 길을 덮고 있었다.) 우리는 부인이 숨을 돌리도록 걸음을 멈추었다. 나는 부인의 도움이 지대하다고 그녀를 납득시키며 고맙다는 듯이 한 팔로 부축했다. 이리하여 다시 기운을 내어 출발한 지 불과 몇 분 만에 우리는 내가 보트가 있을 거라고 추정했던, 보트가 놓인 지점에 도달했다. 보트는 일부러 남의 눈에 띄지 않게 어떤 울타리 말뚝에 매여 있었다. 그 울타리 말뚝은 바로 거기서 물가까지 내려왔고, 배에서 내려오기 편리하도록 되어 있었다. 나는 두 개의 짧고 묵직한 노가 꽤 안전하게 배 위로 당겨진 모습을 보며, 어린아이 솜씨치고는 무척 대단하다고 여겼다. 하지만 나는 지금까지 너무나 오랫동안 영문 모를 일들 속에서 지내온 데다, 너무나 격렬한 박자를 따라가느라 숨을 헐떡거릴 지경이었다. 울타리에 달린 문으로 그곳을 빠져나가자 금방 넓은 공터가 나타났다. 그러자 우리는 즉각 동시에 고함을 질렀다. "저기 애가 있어!"

얼마 떨어지지 않은 곳에 플로라가 풀밭에 서서 우리를 보며 이제 자신의 공연이 끝났다는 듯이 미소를 짓고 있었다. 그러나 다음 순간 아이는 허리를 쭉 굽혀, 마치 자신이 바로 그 일 때문에 여기 왔다는 듯이 시들어 버린 크고 흉한 고사리 가지를 꺾었다. 나는 즉각 플로라가 막 관목 속에서 나왔다고 확신했다. 플로라는 꼼짝도 하지 않고 우리를 기다렸으며, 우리는 좀체 느껴 보지 못한 엄숙한 기분에 휩싸여 곧장 아이에게 다가갔다. 플로라는 계속 미소를 지었고, 우리는 마주 대면했다. 하지만 그때는 모든 일이 극악스러운 불길한 침묵 속에서 이루어졌다. 그로스 부인이 먼저 입을 열었다. 그녀는 갑자기 무릎을 꿇고 어린아이를 가슴에 껴안고서, 작고 연약하여 넘어질 듯한 아이의 몸을 한참 동안 쓸어안았다. 이처럼 무감각한 경련이 계속되는 동안 나는 그저 지켜볼 뿐이었고, 부인의 어깨 너머 나를 주시하는 플로라의 얼굴을 보자 더욱 의도적으로 그렇게 했다. 상황이 심각했던 만큼 아이의 얼굴에서도 웃음기가 사라졌다. 하지만 나는 그 순간, 그로스 부인과 아이의 소박한 관계를 정말 고통스러울 만큼 부러워했다. 이 순간 내내 우리 사이에는 더 이상 어떤 일도 발생하지 않았으며, 플로라는 단지 우스꽝스러운 고사리 가지를 다시 바닥에 떨어뜨렸을 뿐이었다. 플로라와 나는 무언중에 이제 서로 핑계를 늘어놓을 필요가 없음을 알게 되었다. 그로스 부인이 드디어 자리에서 일어나 아이의 손을 잡은 채 내 앞에 섰다. 그리고 우리 사이에 흐르는 기묘한 침묵이 아이가 내게 던진 솔직한 표정과 교감했다. 그 표정은, '전 절대로 말하지 않을 거예요!'라고 말하는 듯했다.

순수한 경이감에 싸여 나를 훑어보던 플로라가 먼저 입을 열었다. 그 아이는 우리가 모자를 쓰지 않은 데 놀랐던 것이다. "어머나, 모자는 어디에 두고 오셨어요?"

"네 모자가 있는 곳에 두고 왔지!" 나는 얼른 대답했다.

플로라는 이미 여느 때처럼 쾌활해졌고, 이 대답에 퍽 만족한 듯했다. "그럼 마일스는 어디 있나요?" 아이가 말을 계속했다.

그처럼 앙증스러운 말에는 뭔가 나를 완전히 굴복시키는 힘이 있었다. 아이의 입에서 나온 이 몇 마디는 칼날을 뽑았을 때 번쩍거리는 섬광처럼, 내가 오랫동안 높이 들어 넘치도록 가득 채운, 이제 말을 꺼내기도 전에 홍수처럼 넘쳐흐를 듯한 잔을 맞부딪치게 하는 느낌을 주었다. "네가 말해 준다면 나도 가르쳐 주마." 나도 모르게 이 말을 꺼냈지만, 떨려서 중단하고 말았다.

"무엇을요?"

그로스 부인이 긴장된 모습으로 나를 빤히 쳐다보았지만, 이젠 때가 너무 늦었다. 나는 우아하게 일을 마무리했다. "얘야, 제셀 선생님은 어디에 있니?"

20장

교회 묘지에서 마일스와 함께 있었을 때처럼 모든 상황이 우리 앞에 펼쳐졌다. 나는 제셀이라는 이름이 우리 사이에 한 번도 언급된 적이 없었다고 강조했지만, 아이의 얼굴이 지금 순식간에 고통스러운 눈빛으로 그 이름을 받아들인 건, 마치 유리창을 부순 듯한 묵계의 파기였다. 이와 동시에 내 일격을 막으려는 듯 그로스 부인이 나의 폭력을 나무라며 소리를 질렀다. 그것은 겁에 질린, 아니 오히려 상처 입은 짐승의 비명 같았지만, 순식간에 역으로 나 자신의 헐떡거리는 소리로 끝나 버렸다. 나는 동료의 팔을 붙들었다. "그 여자가 저기, 저기 있잖아요!"

지난번과 똑같이 건너편 둑 위에 제셀 양이 서 있었던 것이다. 그때 나의 내부에서 나온 첫 느낌은 이상스럽게도 마침내 증거를 포착했다는 짜릿한 기쁨이었다고 기억된다. 그 여자는 거기 있었고, 내 말은 사실임이 판명되었다. 다시 말해 그 여자가 거기 있었기에 나는 잔인한 것도, 미친 것도 아니었다. 그 여자는 가엾게도 겁에 질린 그로스 부인을 위해 거기 있었지만, 누구보다 플로라를 위해 나타났던 것이다. 내게 발생한 그 어떤 괴이한 시간도 의식적으로 그 여자에게 묵묵히 감사의 표시를 (비록 창백하고 탐욕스런 악마일지언정 그녀도 알아차리고 이해할 거라는 느낌으로) 비친 것보다 더 이채로운 순간은 없으리라. 그녀는 그로스 부인과 내가 조금 전에 머물렀던 장소에서 꼿꼿이 일어났고, 길게 뻗친 자신의 욕망으로 해악이 미치지 않은 곳이 한 치도 없었다. 이 같은 최초의 선명한 모습과 감정은 찰나적이었고, 그동안 내가 손으로 가리킨 건너편을 주시하던 그로스 부인이 멍한 듯 눈을 깜빡이는 모습은 마침내 그녀도 목격했다는 확실한 증거로 느껴졌다. 바로 그때 나는 황급히 아이에게 시선을 돌렸다. 그때 플로라가 보인 태도는 단순히 동요하는 모습을 보는 것보다 실로 나를 더욱 아연하게 만들었다. 물론 나는 그 아이가 직접 동요하리라고 예상하지는 않았다. 비록 우리의 추적이 실제 아이로 하여금 사태를 대비하고 경계하게 만들었겠지만, 플로라는 조금도 내색하지 않았던 것이다. 그래서 나는 그 장소에서 지금까지 예상하지는 못했던 특이한 기미를 처음으로 포착하여 마음이 흔들렸다. 심지어 내가 알려 준 유령이 있는 방향을 보지도 않고 다른 시늉만 하는 아이의 작고 발그스레한 얼굴에 비친 태연자약한 모습이 굳고 심각한 표정을 띠었다. 한 번도 내비친 적이 없는 전혀 낯선 이 표정은 내 마음을 읽고서 꾸짖고 판단하려는 듯이 보였다. 이것이 작은 여자아이가 나에게 두려움을 품은 모습으로 변신한 순식간의 공격이었다. 나는 그 순간 아이도 완전히 목격했으리라는 확신이 어느 때보다 컸음에도 불구하고, 몸을 떨며 나 자신을 보호하려는 다급한 요구에서 강렬하게 증거를 내세웠다. "그 여자가 저기 있잖아, 가엾은 플로라. 저기, 저기, 저기 말이야. 넌 나를 보듯 저 여자를 보는 거야!" 나는 조금 전 그로스 부인에게 플로라가 지금은 어린아이가 아니라 노련한 할머니 같다고 말했지만, 그런 묘사는 한마디로 그 아이가 눈짓에서 양보하거나 인정한다는 태도가 없이, 마음속 깊이 비난의 기색을 갑작스럽게 확정함으로 더욱 분명히 확인될 수 없었다. 나는 내가 겨루어야 할 힘겨운 상대로 그로스 부인까지 염두에 두어야 한다는 걸 깨달았지만 (모든 일을 조리 있게 정돈할 수 있다면) 다른 무엇보다 아이의 태도에 소름이 끼쳤던 것이다. 다음 순간 나이 든 내 동료는 아무튼 발갛게 달아오른 얼굴과 충격을 받은 듯한 커다란 항의의 소리(갑자기 내뱉은 높다란 거부의 소리)를 제외하고는 모든 사실을 말끔히 지워버렸다. "정말 황당하군요, 선생님! 도대체 어디에서 뭘 보고 있는데요?"

나는 아직도 더욱 다급히 부인을 잡을 뿐이었다. 왜냐하면 부인이 말하고 있는 동안에도, 끔찍스럽게도 무표정한 존재가 사라지지 않고 당당하게 서 있었기 때문이다. 유령은 이미 1분이나 서 있었고, 내가 부인을 잡아 유령 쪽으로 밀쳐 대며 그녀를 소개시키려고 손으로 방향을 고정하는 사이에도 계속 머물러 있었다. "당신은 우리처럼 분명히 저 여자가 보이지 않아요? 지금은 안 보인다고 할 테죠. 지금도 그래요? 저 여자는 타오르는 불길처럼 거대한데! 보기만 하세요, 보기만!" 부인은 그때 내가 하듯 바라보다 부정과 반발과 연민이(자기 눈엔 유령이 보이지 않아 다행이라는 심정과 동정심이 섞인) 깃든 한숨을 쉬며, 힘닿는 데까지 나를 돕겠다는 태도를 취해 내게 감동을 주었다. 나는 부인의 도움이 마땅히 필요할 지경이었다. 왜냐하면 부인의 눈이 이처럼 실망스럽게 차단되었다는 데서 입은 힘겨운 타격으로 인해 나는 내 상황이 와르르 무너짐을 느꼈고, 창백한 모습의 내 선임자가 지금의 위치에서 내 패배를 재촉하는 모습을 보았기 때문이다. 그리고 무엇보다 이 순간부터 나는 놀랍도록 깜찍한 플로라의 태도에 어떻게 맞서야 할지 궁리했다. 나의 파멸감에 혼자만의 엄청난 승리감이 감도는 차에, 그로스 부인이 즉각 맹렬히 가담하며 숨이 넘어갈 듯 자신의 확신을 말했다.

"그 여잔 저기 없어, 꼬마 아가씨. 저긴 아무도 없는걸. 정말 아가씨는 아무것도 보고 있지 않아! 가엾은 제셀 선생님이 어떻게 할 수 있겠어? 이미 죽고 땅속에 묻혔잖아? 그렇지, 아가씨." 부인은 다그치며 아이에게 호소하였다. "이건 모두 단순한 실수이자 걱정과 조롱에 불과해. 어서 집으로 돌아가!"

이 말을 듣고 플로라는 괴이하고 재빠르게 새침을 떨며 예절 바른 행동으로 응답했다. 그리고 그로스 부인이 일어서자 그들은 다시 하나로 뭉쳐, 말하자면 괴롭게도 나와 맞선 것이다. 플로라는 마치 비난하는 듯한 자그만 얼굴로 계속 나를 응시했다. 그때 나는 부인의 옷을 움켜잡고, 거기 서 있는 플로라의 더없이 순진한 아름다움이 갑자기 으스러져 완전히 사라질 듯한 느낌 때문에 하느님의 용서를 빌었다. 이미 말한 대로 플로라는 정말 무섭도록 매정한 모습이었고, 그건 천박하다 못해 추할 지경이었다. "전 선생님의 말뜻을 모르겠어요. 아무것도 보지 못했는데요. 정말인걸요. 그런 적이 없어요. 선생님은 잔인해요. 전 선생님이 싫어요!" 플로라는 천박하고 당돌한 동네 계집아이의 어조로 이렇게 말한 다음, 부인을 더욱 가까이 껴안고 치맛자락에다 겁에 질린 작은 얼굴을 묻었다. 플로라는 이런 자세로 분노에 찬 울음을 터뜨렸다. "절 멀리 데려다줘요, 멀리. 이 여자로부터요!"

"나로부터?" 나는 숨을 헐떡였다.

"선생님으로부터요, 그래요!" 플로라가 외쳤다.

그로스 부인조차 난처하여 나를 건너보았다. 그동안 나는 건너편 둑에 떨어져 있으면서도 우리의 목소리를 감지하려는 듯이 여전히 경직되고 미동도 하지 않은 채, 내게 도움을 주려는 것이 아니라 분명히 나를 재앙에 빠뜨리기 위해 있는 존재와 다시 교감하지 않을 수 없었다. 아이는 딱하게도 자신이 토한 찌르는 듯한 앙증맞은 말 마디마디를 어딘가 외부로부터 빌려 온 듯 정확히 표현했다. 그래서 모든 것을 인정해야만 한다는 완전한 절망감으로 나는 아이에게 슬픈 듯이 고개만 흔들었다. "지금까지 의심을 품어 왔다면 이제 나의 의구심이 모두 사라질 거야. 나 역시 지금까지 비통한 진실과 더불어 살아왔지만, 이제 그 진실 때문에 꼼짝도 못하게 됐어. 물론 난 플로라를 빼앗기고 말았어. 난 그걸 막으려 했고, 넌 저 여자의 지시에 따라." 이 말과 함께 나는 다시 호수 위에 있는 악마 같은 망령을 보았다. "쉽고도 완벽하게 유령을 만나는 법을 알았던 거야. 난 최선을 다했지만 널 빼앗기고 말았어. 안녕." 나는 그로스 부인에게 신경질적으로 명령하듯 말했다. "가요, 가!" 부인은 극심한 두려움 속에서 작은 아이에게 사로잡혀, 자신의 눈엔 아무것도 보이지 않았지만 뭔가 끔찍한 일이 발생했고, 또한 어떤 파국이 우리를 뒤덮었다는 것을 분명히 확신하고 황급히 왔던 길로 되돌아갔다.

혼자 남은 나는 처음에 무슨 일이 일어났는지 도무지 깨닫지 못했다. 15분가량 지났을 무렵 향기로운 습기와 거친 기운이 나의 고통 속으로 차갑게 스며들었기 때문에, 나는 바닥에 엎드려 분명히 경황없는 비탄에 잠길 따름이었다. 얼굴을 들었을 땐 날이 거의 저물었기에 나는 오래도록 그곳에 쓰러져 훌쩍거리고 울었음에 틀림없다. 나는 일어서서 황혼 녘 속으로 어슴푸레한 호수와 몸서리쳐지는 텅 빈 호수 끄트머리를 잠시 본 다음, 집으로 돌아가기 위해 무섭고 힘든 길을 걸어갔다. 못의 울타리 문에 도달하니 놀랍게도 보트가 사라져, 나는 상황을 조절하는 플로라의 기막힌 힘을 새롭게 인식하였다. 플로라는 그날 밤 아무 말도 하지 않았다. 덧붙여 말하자면 내 말에 그토록 기괴한 허위의 기미가 서려 있지 않았다면, 나는 그로스 부인과 극히 행복하게 사태를 마무리했을지 모른다. 집에 돌아오니 그들 가운데 누구도 보이지 않았지만, 그래도 보상인지 마일스는 꽤 여러 번 보였다. 나는 그를 무척 많이 봤기 때문에 이 말밖에 달리 어떤 표현을 쓸 수 없었다. 적절할 법했다. 블라이에서 보낸 어떤 저녁도 오늘 저녁만큼 불길한 징조가 있었던 적이 없었다. 그럼에도 불구하고(또한 당혹스럽게도 내 발 아래 펼쳐진 더욱 깊은 심연에도 불구하고) 퇴색해 가는 현실 속에 특이하리만큼 달콤한 슬픔이 내게 사무쳤다. 집에 도착한 나는 마일스를 찾으려는 생각조차 하지 않았다. 다만 곧장 내 방으로 가서 옷을 갈아입고, 플로라가 토라진 실제 증거를 한눈에 포착했다. 아이의 작은 소지품들이 전부 없어지고 만 것이다. 나중에 공부방의 난롯가에서 여느 때처럼 하녀가 차를 가져와도, 나는 또 다른 학생의 존재에 대하여 어떤 질문도 던지지 않았다. 마일스는 이제 자유를 얻었고, 그걸 끝까지 누릴지도 모른다! 아무튼 그가 획득한 자유란(적어도 부분적으로) 8시경에 돌아와 아무 말없이 나와 함께 앉아 있는 것도 포함되었다. 나는 찻잔을 치우고 나서 촛불을 끄고 의자를 당겨 놓았다. 심한 추위를 느낀 나는 다시 몸이 포근해지지 않을 것 같았다. 그러므로 마일스가 나타났을 때 나는 생각에 골몰하여 앉아 있었다. 그는 내 기색을 살피듯 잠시 문가에서 걸음을 멈추었다가(나와 똑같은 생각을 하려는 듯이) 난로 건너편으로 오더니 의자에 몸을 묻었다. 우리는 거기서 완전한 고요 속에 앉아 있었지만, 마일스는 나와 함께 있고 싶은 기색이었다.

21장

다음 날 내 방에 아침이 완전히 스며들기도 전에 그로스 부인이 잠을 깨웠다. 부인은 더욱 좋지 못한 소식을 가져왔는데, 플로라의 몸에 심한 열이 올라 병이 난 듯하다는 것이었다. 그녀는 플로라가 극히 불안정한 밤을 보낸 건 무엇보다 이전의 가정 교사가 아니라, 전적으로 지금의 가정 교사로 인한 두려움에서 비롯되었다고 했다. 플로라의 저항은 제셀 양이 다시 방 안으로 들어올지 모른다는 데 있지 않고, 눈에 띌 만큼 격렬하게 나를 거부한 데 있었다. 나는 즉각 자리에서 일어나 많은 것을 물었다. 부인이 마음을 가다듬고 나한테 이토록 분발하니 더욱 묻고 싶었던 것이다. 나와 비교하여 아이의 정직함을 어떻게 생각하는지 부인에게 물어보는 순간 나는 이 같은 태도를 느꼈다. “플로라가 과거에도, 지금까지도 어떤 것도 본 적이 없다고 우겨요?"

내 방문객의 고통은 실로 엄청났다. "선생님, 그건 제가 아이에게 강요할 수 있는 게 아니에요! 그럴 필요가 없는 거랍니다. 그 때문에 아이가 몸살을 겪었으니까요."

"그렇다면 난 이제부터 그 아이를 속속들이 알겠네요. 그 애는 지체 높은 사람들처럼 자신의 신뢰성, 말하자면 자신의 체면에 금이 가는 걸 분개하는군요. '제셀 선생님이 과연 그럴 수가!' 하는 거죠. 그 아인 '점잖은' 꼬마 숙녀거든요! 어제 거기에서 아이가 내게 준 인상이란, 장담하지만 미심쩍기 그지없었어요. 일찍이 본 적이 없었으니까. 난 그 비밀에 다가갔어요! 그 애는 내게 다시는 말하지 않을 거예요."

모든 일이 끔찍스럽고 모호했지만, 잠시 침묵을 지키다 내 말을 솔직히 시인한 그로스 부인의 태도에는 뭔가 분명히 감추는 게 있었다. "정말이지 선생님, 그 애는 다시 말하려고 하지 않을 거예요. 그 점에서 확고한 태도를 가졌거든요!"

"그런데 그 태도가," 나는 말을 요약했다. "지금 아이에게 실제로 문제란 말이죠!"

나는 방문객의 얼굴에서 그 태도를 읽을 수 있었지만, 그 밖에도 적지 않은 일들이 있었다! "아이는 틈만 나면 제게 선생님이 들어오시는지 물어요."

"알아요, 알아." 나 역시 그만한 일은 벌써 짐작하고도 남았다. "플로라는 어제 이후, 어떤 무서운 존재와 그토록 친밀하다는 걸 부정하는 것 외에 제셀 양에 대하여 당신에게 한마디도 하지 않았나요?"

"한마디도 하지 않았어요. 그리고 물론, 아시다시피," 내 친구는 말을 덧붙였다. "바로 그때, 그 장소엔 적어도 아무도 없었다고 호숫가에서 아이에게 들었거든요."

"아무렴요! 그렇다면 당신은 자연스럽게 아이의 말을 믿는군요."

"전 아이 말을 반박하지 않아요. 달리 제가 뭘 하겠어요?"

"정말 아무 일도 없다고요! 당신은 정말 총명한 아이를 상대하고 있어요. 그들은 아이들을, 자신들의 두 친구 말이죠, 자연의 섭리를 거역하여 총명하게 만들었어요. 멋진 유희감이죠! 플로라는 지금 원망거리를 찾아 그걸 끝까지 들먹일 거예요."

"그래요, 선생님. 그런데 무슨 목적에서죠?"

"그건 나를 자기 삼촌에게 떠맡기려는 거죠. 나를 정말 형편없는 사람이라고 일러바칠 테니까요."

그로스 부인의 얼굴이 그 장면을 상상하는 듯해 나는 주춤했다. 부인은 한동안 그들이 함께 있는 모습을 선명하게 보았다는 표정이었다. "그래도 주인님은 선생님을 잘 봐주시잖아요!"

"그분은 그걸 괴상한 방식으로 입증했어요! 지금에서야 생각났지만." 나는 웃었다. "하지만 그건 문제가 아니에요. 플로라가 원하는 건 물론 나를 내보내는 거죠."

내 동료가 대담하게 시인했다. "선생님을 다시 바라보는 것조차 피하려고 해요."

"그래서 당신이 지금 온 건 나더러 빨리 떠나라고 말하기 위해서인가요?" 나는 물었다. 그러나 부인이 대답하기 전에 내가 가로막았다. "더욱 좋은 생각이 있어요. 곰곰이 생각해 본 건데, 내가 떠나는 게 합당할 수도 있겠죠. 일요일에 그렇게 할 뻔했어요. 그런데 그건 좋은 방법이 아니더군요. 당신이 떠나야겠어요. 플로라를 데리고."

내 방문객은 이 말을 듣고 생각에 잠겼다. "그렇지만 대체 어디로 간단 말이에요?"

"여기서 벗어나요. 그 유령들로부터. 지금은 무엇보다 나한테서 벗어나야 해요. 곧장 아이 삼촌에게로 가세요."

"단지 선생님을 고자질하려고요?"

"아니, '단지'가 아니에요! 거기에 내 처방을 가지고 떠나 주세요."

부인은 여전히 영문을 몰랐다. "그럼 선생님 처방이 뭔데요?"

"우선은 당신의 충직함이죠. 다음은 마일스의 충직함이고."

부인이 나를 유심히 보았다. "선생님 생각은 그 아이가?"

"기회가 오더라도 나를 배반하지 않을 거라는 거죠. 그럼요, 아직도 그렇게 생각해요. 아무튼 시도는 해 봐야죠. 가능한 한 빨리 플로라를 데리고 떠나, 내게 마일스를 혼자 남겨둬요." 나는 아직 용기가 남아 있는 자신이 놀라웠다. 그래서 이렇게 훌륭한 모범을 보여 주었는데도 부인이 주저하는 것에 다소 낙심했다. "물론 한 가지 일이 남아 있어요." 나는 말을 이었다. "플로라가 떠나기 전, 두 아이가 잠시라도 서로 만나선 안 돼요." 그러자 플로라가 못가에서 돌아온 즉시 방에 틀어박혔음에도 불구하고, 이미 때가 너무 늦었으리라는 생각이 내게 엄습했다. “그 애들이 이미 만났을까요?” 나는 불안스럽게 물었다.

이 말에 부인은 몹시 얼굴을 붉혔다. “아, 선생님, 전 그런 바보는 아니에요! 서너 번이나 플로라를 혼자 두었지만 매번 하녀 한 명은 남겨 놓았거든요. 그리고 지금은 혼자 있긴 해도 안전하게 갇혀 있어요. 하지만, 하지만!” 너무나 많은 일들이 남아 있었다.

“하지만 뭔가요?”

“글쎄요, 선생님은 꼬마 신사에 대해 확신하세요?”

“난 당신을 제외하고 어떤 것도 확신하지 않아요. 하지만 지난밤 이후 새로운 희망을 가졌어요. 마일스가 내게 털어놓을 것 같아요. 그건 확신해요. 가엾고 끔찍한 꼬마 요정 같으니! 그 애는 말하고 싶어 해요. 어젯밤 난로 곁에 가만히 앉아 두 시간 동안, 마치 금방이라도 털어놓을 듯이 나와 함께 있었거든요.”

그로스 부인은 창 너머 잿빛 하늘을 유심히 보았다. “그래서 털어놓았나요?”

“아뇨, 고백건대 아무리 기다려도 털어놓지 않았어요. 침묵이 이어진 데다, 누이동생의 상태와 함께 자기가 사라진 일에 대한 언급조차 애매했기 때문에, 우리는 그만 잘 자라고 키스했어요. 달라진 게 없죠.” 나는 말을 계속했다. “플로라의 삼촌이 플로라를 보겠다면, 난 마일스에게 좀 더 여유를 주지 않은 채 만나는 데 동의할 수 없어요. 무엇보다 상황이 무척 악화되었기 때문이죠.”

내 친구는 이 점에서 내가 이해한 것보다 더욱 소극적인 표정이었다. "여유를 더 준다는 게 무슨 뜻이죠?"

"글쎄요, 하루나 이틀이겠죠. 실제 그걸 털어놓는 데 걸리는 시간 말이에요. 그런 다음 마일스는 내 편이 될 거예요. 그게 중요하다는 걸 알겠죠. 만일 아무 소득도 없다면 난 실패한 셈이 돼요. 최악의 경우, 당신이 런던에 도착하여 무엇이라도 알아낼 수 있다면 나를 돕는 셈이 될 테죠." 이렇게 말했으나 부인이 이해할 수 없다는 듯 어리둥절한 채 잠자코 있었기 때문에 나는 설명을 덧붙였다. "당신이 정말 떠나기 싫다는 게 아니라면 말이죠." 나는 매듭을 지었다.

나는 부인의 얼굴에서 마침내 결심이 서는 걸 볼 수 있었다. 부인은 맹세의 표시로 내게 손을 내밀었다. "떠나겠어요, 틀림없이. 오늘 아침에 떠나겠어요."

나는 어디까지나 공평해지려고 했다. "당신이 좀 더 기다리고 싶다면, 플로라가 나를 보지 않도록 하겠어요."

"아뇨, 장소 자체가 문제죠. 그 아이는 여기를 떠나야 해요." 부인은 무거운 눈빛으로 잠시 나를 응시하다 나머지 말을 꺼냈다. "선생님 생각이 옳아요. 전, 선생님……."

"뭐죠?"

"전 머무를 수 없어요."

이 말과 함께 부인이 던진 표정이 어떤 가능성을 시사하자 나는 벌떡 자리에서 일어났다. "어제 이후에 당신도 보았다는 뜻인가요?"

부인은 위엄 있게 고개를 흔들었다. "전 들었거든요!"

"듣다뇨?"

"그 아이로부터요. 무서운 얘기를! 저기서요!" 부인은 비통스러운 안도감이 섞인 한숨을 쉬었다. "정말이지, 선생님, 플로라가 모든 걸 말했어요!" 그러나 기억을 되살리던 부인은 말을 잇지 못했다. 그녀는 소파 위에 몸을 던져 울음을 터뜨렸고, 이전에 내가 본 것처럼 온갖 슬픔에 압도당했다.

나조차도 자제력을 잃을 정도였다. "아, 고마워요!"

이 말을 듣고 부인은 다시 일어서 신음을 토하며 눈물을 훔쳤다. "고맙다뇨?"

"내가 옳다는 게 되니까요!"

"정말 그래요, 선생님!"

이보다 더 고무적인 것을 바랄 순 없었지만 나는 망설였다. "플로라가 그렇게 무서워요?"

내 동료는 어떻게 말해야 할지 모르는 듯했다. "정말로 충격적이에요."

"그럼 나에 대해선요?"

"선생님에 대해서요? 이 말을 들어야 해요. 아리따운 숙녀에게 그 아이가 너무 지나쳤어요. 도대체 어디서 그런 말투를 들었는지 모르지만."

"나한테 퍼붓던 끔찍한 말투 말이죠? 난 알 수 있어요!" 나는 의미심장한 웃음을 숨김없이 터뜨렸다.

이건 실제 내 친구의 마음을 더욱 무겁게 만들 뿐이었다. "글쎄요, 아마 저도 알고 있어야겠죠. 이전에 그런 말을 약간 들은 적이 있으니까요! 하지만 그냥 참을 순 없네요." 가련한 부인은 말을 계속하며 내 화장대 위에 놓인 시계를 흘깃 보았다. "그만 돌아가겠어요."

그러나 나는 부인을 잡았다. "만일 참을 수 없다면요!"

"어떻게 플로라와 함께 지낼 수 있겠느냐는 뜻이죠? 바로 그 때문이에요. 그 아이를 어디론가 보내려는 거예요. 이런 일들로부터 말이에요." 부인이 말을 이었다. "그들로부터 멀리 떼어 내는 거죠."

"그 아이가 달라질 수도, 자유로워질 수도 있다는 건가요?" 나는 기쁨에 겨워 부인의 몸을 잡았다. "그렇다면 어제 발생한 일에도 불구하고 당신은 믿는군요."

"무슨 일 말인가요?" 부인의 표현에 비추어 그것에 대한 단순한 묘사를 더 이상 자세하게 캐물을 필요가 없었다. 그녀는 지금까지와는 달리 내게 모든 것을 위임했다. "전 믿어요."

그건 정말 즐거움이었다. 우리들은 여전히 어깨를 맞대고 있었으며, 나는 무슨 일이 일어나든 조금도 상관할 바 없다고 계속 확신해야 할 처지였다. 재앙을 앞두고 내가 도와준다는 건, 이전에 서로 비밀을 터놓을 필요가 있을 때와 똑같은 형편이었다. 만일 부인이 나의 정직함을 보장한다면 나머지 일은 내가 모두 보장하리라. 그럼에도 불구하고 부인과 헤어지려는 순간, 나는 다소 당황했다. "물론 한 가지 기억해야 할 일이 방금 생각났어요. 위험을 예고하는 내 편지가 당신보다 먼저 런던에 닿을 텐데요."

나는 이제 부인이 그동안 요점을 피하려고 얼버무리다 마침내 얼마나 지쳐 버렸는지 더욱 잘 알게 되었다. "선생님 편지는 그곳에 도착하지 않을 거예요. 도착할 리 만무해요."

"그렇다면 어떻게 되었을까요?"

"누가 알겠어요! 마일스 도련님이."

"그 아이가 집어 갔단 말인가요?" 나는 숨을 헐떡였다.

부인은 주춤거리다 생각을 바꾸었다. "플로라 아가씨와 돌아와 보니 어제 선생님이 놓아 둔 자리에 편지가 있지 않았어요. 저녁 무렵 루크에게 물어볼 기회가 있었는데, 그 편지를 본 적도 건드린 적도 없다고 잘라 말하더군요." 이 문제를 두고 우리 사이에 더욱 깊은 추측만 교환할 따름이었다. 그러다 의기양양하게 먼저 실마리를 건져 올린 건 그로스 부인이었다. "그럼 알겠죠!"

"그렇군요. 마일스가 대신 가져갔다면 아마 편지를 읽고 없애 버렸을 거예요."

"그렇다면 그 밖에 다른 일은 알지 못하나요?"

나는 쓴웃음을 띠며 잠시 부인을 마주 보았다. "이제 보니 당신의 관찰력이 나보다 훨씬 뛰어난 것 같군요."

그 관찰력이 그대로 입증되었지만, 부인은 아직 얼굴을 붉히며 그걸 드러내지 못하였다. "전 그 아이가 학교에서 무슨 짓을 했는지 이젠 알겠어요." 그러고 나서 그녀는 단순하면서도 날카롭게, 익살스러운 환멸을 띠고 고개를 끄덕거렸다. "그 아이가 훔쳤어요!"

나는 궁리를 하며 보다 공평해지려고 했다. "글쎄요, 아마도."

부인은 내가 뜻밖에 평온하다는 걸 알았다는 표정이었다. "그 아이가 편지를 훔쳤어요!"

따지고 보면 부인은 심각할 이유도 없는 나의 담담함을 이해할 수 없었을 것이다. 그래서 나는 그 이유를 자랑스럽게 내보였다. “그건 더욱 큰 목적이 있기 때문일 거예요! 아무튼 어제 내가 탁자 위에 둔 쪽지는,” 나는 말을 이었다. “마일스에게 별 도움이 되지 못했던 나머지, 그 아이가 그런 보잘것없는 걸 위해 지나친 행동을 했다는 데 벌써 무척이나 부끄러워하고 있을 거예요. 주인과의 면담 요구를 달리 적지 않았으니까요. 그런데 지난밤 그가 마음속에 품은 건 정확히 말해 자기 스스로 고백하려는 거였죠.” 나는 순간적으로 이것을 간파했고, 사태를 나름대로 파악할 수 있을 것 같았다. “우리를 두고 떠나세요, 어서. 나는 이미 서둘러 부인을 문밖으로 내보내고 있었다. “난 마일스로부터 알아낼 거예요. 그 아인 나를 만나 고백할 테니까. 그렇게 되면 그 애가 구제되는 거죠. 그리고 구제된다면.”

“그다음엔 선생님 차례인가요?” 부인이 이렇게 말하며 내게 키스를 하자 나도 작별을 고했다. “그 아이가 없어도 전 선생님을 구제하겠어요!” 부인은 떠나면서 외쳤다.

22장

그러나 부인이 떠나자 나는 금방 그녀가 보고 싶어졌다. 결정적인 순간이 실제로 다가왔기 때문이다. 홀로 남은 마일스의 모습이 어떨지 짐작이라도 했다면, 나는 최소한 무슨 대책이라도 세웠으리라. 내가 여기 온 이래, 실제 이곳에 머문 이후, 저택 아래로 내려와 그로스 부인과 어린 학생을 태운 마차가 이미 대문 밖으로 빠져나간 것을 알았을 때만큼 내 마음이 불안한 적은 없었다. 나는 이제 초자연적인 어떤 힘과 대면하게 되었다고 중얼거렸다. 나약한 마음과 싸우며 보낸 그날 종일, 난 그동안 내가 무척 경솔했음을 인정할 수 있었다. 그곳은 그때까지 내가 행동하던 그 어떤 공간보다도 더욱 긴박한 장소였을 뿐만 아니라, 다른 사람들의 모습에서도 혼란스러운 위기의 그림자를 처음으로 볼 수 있었기 때문이었다. 이번 일은 자연스럽게도 모든 사람들의 눈을 휘둥그렇게 만들었다. 우리가 무슨 소리를 지껄여도 그로스 부인의 급작스러운 행위를 설명하기에는 너무나 부족했다. 하녀들과 하인들은 멍한 표정을 지었고, 그 때문에 신경이 날카로워진 나는 마침내 이것을 유리하게 이용할 필요를 느꼈다. 간단히 말해 내가 완전한 침몰을 면하기 위해 키를 움켜잡았던 것이다. 모든 것을 견디기 위해 그날 아침 나는 매우 위엄 있고 냉엄한 티를 내었다고 감히 말하리라. 나는 할 일이 많다는 사실을 반겼고, 이렇게 혼자 남아도 놀라우리만큼 강인하다는 것을 남들이 알도록 했다. 그런 태도로 나는 한두 시간 집 안팎을 돌아다녔으며, 어떤 일에도 대처한다는 표정을 지었음에 틀림없다. 그리하여 나의 혜택을 입을 사람이 누구든지 나는 고통스러운 마음으로 집 안에서 시위를 하였다.

점심때까지 내 시위에 전혀 관심을 두지 않은 듯이 보인 인물은 어린 마일스였다. 어디를 다녀 보아도 마일스의 모습이 눈에 띄지 않았건만, 전날 그가 플로라를 위하느라 피아노에 앉아 감쪽같이 나를 우롱했기 때문에, 이런 배회는 우리 사이에 생긴 변화를 공공연히 알리는 셈이었다. 이건 물론 플로라가 방에 감금되었다 떠났기 때문에 자신의 태도를 그야말로 공공연하게 알리는 표시도 되었고, 그 변화는 이제 우리가 공부방에서의 고정된 습관을 지키지 않는 데서 시작되었다. 아래층으로 가는 도중 내가 방문을 열었을 때, 마일스는 이미 사라져 버렸다. 나는 아래층에서 그가 두 명의 하녀를 곁에 두고 그로스 부인과 플로라와 함께 아침 식사를 했다는 사실을 알았다. 그런 다음 그는 산책하러 간다고 밖으로 나갔다는데, 이것은 갑작스러운 내 직무의 변모에 대한 그의 반응을 더없이 솔직하게 표출하는 것이었는지도 모른다. 이제 그 아이를 위해 어떻게 이 직무를 유지해야 할지 두고 볼 일이었다. 아무튼 나로선 한 가지 허식을 차리지 않아도 되어 진기한 안도감을 느꼈다. 상당히 많은 일들이 이미 표면으로 드러났지만, 그 중에서 가장 큰 것은 그에게 뭔가 가르칠 일이 아직 남아 있다는 거짓을 함께 연장하는 어리석음이 되리라. 오히려 나 자신보다 마일스가 나의 위신을 고려하여 고요하고 깜찍한 속임수로 진정한 능력을 발휘하는 마당에, 그의 능력과 겨루어 보겠다는 나의 태도를 그대로 유지해야 한다는 사실은 명백했다. 아무튼 나는 마일스가 지금 누리고 있는 자유를 다시 간섭하지 말아야 했다. 더욱이 이것은 간밤에 그가 공부방에서 나와 함께 있을 동안 틈새를 이용하여 누군가를 만났다는 사실에 대해, 내가 어떤 자극이나 암시도 던지지 않음으로 충분히 전달되었다. 이 순간부터 나는 무척 많은 생각을 하였다. 그러나 이윽고 마일스가 도착하자, 겉보기에 아직 어떤 얼룩이나 음영도 묻지 않은 작고 아름다운 존재가 내 생각들, 즉 그간 축적된 문제를 적용하는 것을 절실히도 어렵게 했다.

이 집안을 위해 내가 가꾼 고상한 격식을 과시하느라, 나는 마일스와 함께 할 수 있도록 식사를 아래층에 준비해 두라고 했다. 그래서 나는 그토록 끔찍했던 첫째 일요일, 그로스 부인으로부터 일순간 진실을 밝히기엔 너무나 부족한 암시를 얻었던 창문 밖의 육중하고 현란한 방에서 마일스를 기다릴 작정이었다. 여기서 지금 나는(거듭 느껴 온 탓이지만) 내 마음의 굳센 의지, 즉 내가 처리해야 할 일이 참으로 혐오스럽게도 자연의 섭리에 위배된다는 사실을 완강히 거부하는 데 성패가 달려 있다는 생각이 새삼스레 들었다. 그나마 내가 지탱할 수 있었던 까닭은 '자연의 섭리'에 비밀을 털어놓고 내 편으로 삼아, 내가 겪은 엄청난 시련을 유달리 불편한 방향으로 유도하여, 결국 소박한 인간 덕목의 나사를 다시 한번 죄도록 공공연히 요구했기 때문이었다. 그럼에도 불구하고 어떤 노력도 인간의 본연, 즉 자연의 힘을 모조리 동원하려는 이런 노력보다 더 벅찬 건 없었다. 이미 발생한 일을 언급하지 않도록 자제하긴 했지만, 내가 어떻게 그 조건의 작은 일부라도 이용할 수 있겠는가? 반면, 끔찍하게 모호한 구석으로 새로이 뛰어들지 않고서 내가 어떻게 무엇과 대면할 수 있겠는가? 그런데 잠시 후 내게 떠오른 해답은 논란의 여지없이 나의 어린 동료에게 어쩌다 생긴 일을 순간적으로 포착함으로써 확인되었다. 실로 이제야 그가 (수업 시간에 자주 발견했듯이) 나를 편하게 만들 뭔가 다른 섬세한 방법을 찾은 것 같았다. 우리가 고독을 나누고 있을 때 여태 한번도 이글거리지 않았던 빛으로 타오른 사실에 단서가 없을까? 그토록 총명한 아이가 유령이 부여해 준 절대적 지능으로부터 이용할 수 있는 도움을 구하지 않은 것이 터무니없다는 사실에 (지금 찾아온 소중한 기회를 이용하여) 단서가 있지 않을까? 자신을 구제하는 길이 아니라면 그의 지능은 대체 무슨 목적으로 사용된다는 말인가? 그의 마음을 떠보기 위해 겉모습을 헤집고 과감히 속으로 파고들 수 없을까?

그건 마치, 우리가 주방에서 얼굴을 서로 대면했을 때, 마일스가 사실대로 내게 길을 안내한 것처럼 보였다. 식탁 위에는 구운 양고기가 있었고, 나는 하녀의 도움을 물리쳤다. 마일스는 자리에 앉기 전에 두 손을 호주머니에 넣은 채 잠시 서서 고깃덩어리를 바라보았다. 그는 고깃덩어리에 대하여 유머를 던지고 싶었지만, 이윽고 물었다. "선생님, 플로라가 정말 많이 아파요?"

"귀여운 플로라 말이지? 그렇게 심하지 않으니 곧 좋아질 거야. 런던에 있으면 나을 테지. 블라이는 더 이상 플로라의 몸엔 맞지 않아. 이리 와서 양고기를 먹으렴."

마일스는 민첩하게 내게 복종하며 조심스럽게 접시를 들고 자리에 왔다. 그는 자리에 앉아 말을 계속했다. "왜 블라이가 그처럼 갑자기 플로라와 맞지 않게 되었어요?"

"네가 생각하는 것처럼 그렇게 갑작스럽진 않아. 난 그렇게 될 것을 알고 있었지."

"그렇다면 왜 이전에 보내지 않았어요?"

"이전이라니?"

"여행할 수 없을 만큼 아프기 전 말이에요."

나는 재빨리 대답하였다. "여행할 수 없을 만큼 아프진 않아. 여기 머물렀다면 그렇게 되었을지 모르지. 지금이 바로 기회를 포착한 순간이야. 여행이 그 영향을 분산시켜." 난 당당하였다! "그걸 없애 버릴 거야."

"알고말고요." 그 점에서는 마일스도 당당했다. 마일스는 이곳에 도착한 날부터 야단스럽게 훈계할 필요조차 없을 만큼 우아하고 귀여운 '식탁 예법'으로 식사를 계속했다. 그가 학교에서 쫓겨난 이유가 무엇이었든 버릇없는 식사 예절 때문은 아니었을 것이다. 항상 그렇듯 오늘도 나무랄 데 없는 그의 모습은 의심할 나위 없이 더욱 돋보였다. 그는 남들의 도움 없이 쉽사리 할 수 없는 일을 당연히 할 수 있는 체했고, 자신의 상황을 즐기며 평화로운 고요에 빠졌다. 우리의 식사는 극히 간단했으며, 나는 먹는 시늉만 했다. 식사 후 내가 즉시 모든 일을 정리할 동안, 마일스는 작은 호주머니에 손을 넣고 내게 등을 돌린 채 다시 일어났다. 그는 거기 서서 일전에 나를 움찔 놀라게 했던 존재가 있었던 넓은 창 바깥을 바라보았다. 하녀가 함께 있을 동안 우리는 잠자코 있었다. 내게는 엉뚱하게도 마치 신혼여행 중인 어느 젊은 부부가 여관의 시종 앞에서 수줍음을 느낀 채 잠자코 있는 것 같은 생각이 들었다. 하녀가 물러가자 마일스가 내게 몸을 겨우 돌렸다. "그런데, 우리만 남았네요!"

23장

“그런 셈이지.” 나는 파리한 미소를 지으며 말을 이었다. “그렇지만 절대로 그런 건 아냐. 우린 그걸 원치 않으니까!”

“네, 제 생각도 그래요. 물론 다른 사람들도 있으니까요.”

“다른 사람들도 있지, 그렇고말고.” 나는 맞장구를 쳤다.

“하지만 설령 다른 사람들이 있더라도,” 마일스는 여전히 호주머니에 손을 넣은 채 내 앞에 서서 대꾸했다. “그 사람들은 별문제가 안 되겠죠?”

나는 그 말을 최대한 이용하려 했으나 기운이 쇠잔해짐을 느꼈다. “그건 마일스가 ‘어떻게’ 생각하느냐에 달린 거야!”

“그럼요.” 그는 순순히 수긍하는 태도로 말했다. “모든 건 두고 봐야죠!” 그러나 이렇게 말하며 마일스는 다시 얼굴을 창문으로 돌린 다음, 모호하고 불안정하며 생각에 잠긴 걸음으로 창가로 갔다. 그는 유리창에 이마를 대고 잠시 그곳에 머물며 어슴푸레한 관목과 11월의 무거운 풍경을 유심히 바라보았다. 나는 여느 때처럼 뭔가 '일'을 하는 체하며 다시 소파에 앉았다. 뭔가 내가 접근하지 못할 일이 아이들에게 다가온 걸 알았을 때 했던 것처럼, 나는 거기서 꼼짝도 하지 않고 습관적으로 최악의 경우에 대비할 태세를 취했다. 그러나 어린아이의 당혹스런 뒷모습에서 무슨 의미를 꺼내려 하자 야릇한 인상이 (적어도 지금은 접근이 금지되지 않았다는 인상) 내게 엄습했다. 이런 추론은 곧 예리하게 밀도를 더해, 접근이 금지된 인물이 바로 마일스였다는 직감적인 깨달음이 되었다. 마일스 앞에 있던 커다란 창문 틀과 격자는 그에겐 어떤 이미지, 곧 실패의 이미지였다. 아무튼 나는 그가 실내에 갇혀 있거나 내쫓긴 모습이라고 느꼈다. 나는 두근거리는 희망으로 그에게 본받을 점은 있어도 편안하지 않다는 사실을 받아들였다. 그는 유령이 출몰하는 유리창 너머, 뭔가 자신이 볼 수 없는 대상을 찾고 있지 않을까? 그리고 이 모든 과정에서 그가 처음으로 자신의 능력이 잠시 저하된 것을 알고 있지 않았을까? 이런 경우는 정말 처음이었기에 나는 놀라운 전조라고 생각했다. 그 아이는 경계심을 품긴 했지만, 조바심 내고 있었던 것이다. 그는 종일 불안한 모습이었고, 여느 때처럼 깔끔한 태도로 식탁에 앉았을 때조차 핑계를 붙이려고 깜찍한 재능을 모두 짜 내고 있었다. 마침내 그가 몸을 돌려 나를 보았을 때, 그의 재능은 거의 바닥난 듯이 보였다. "그런데 제겐 블라이가 맞아서 기뻐요!"

"넌 분명히 온종일 여느 때보다 훨씬 많이 이곳을 둘러보았을 텐데." 나는 용기를 내어 말을 이었다. "네가 즐거웠다면 좋겠구나."

"그럼요, 지금까진 무척 즐거웠어요. 주위를 모두 다녔어요. 몇 킬로미터나 먼 곳도 갔고요. 이렇게 자유로워 본 적이 없었거든요."

마일스는 실로 특유의 태도를 드러냈고, 나는 그를 겨우 따라가는 정도였다. "그럼 넌 좋으니?"

그는 미소를 띠고 그곳에 서 있다가 마침내 두 마디 말에다 내가 지금까지 들은 것보다 더욱 많은 분별력을 담았다. "선생님은 어떠세요?" 그러나 내가 미처 대답할 겨를도 없이 자신의 무례함을 무마시키려는 듯이 그가 말을 계속했다. "어떤 것도 선생님의 지금 태도보다 우아할 순 없겠죠. 우리가 지금 응당 외롭다고 한다면, 가장 외로운 편은 선생님이 될 테니까요. 하지만," 그가 덧붙였다. "특별히 신경 쓰실 건 없어요!"

"너와 상대하는 걸 신경 쓰느냐고?" 내가 물었다. "어떻게 신경 쓰지 않을 수 있겠니? 비록 네 동무로서 모든 권리를 포기했더라도, 넌 내가 도달할 수 없는 곳에 있으니까, 난 적어도 그걸 무척이나 즐기고 있는걸. 그렇지 않다면 무엇 때문에 내가 계속 머물러 있겠니?"

마일스는 나를 빤히 바라보았다. 이제는 더욱 무거워진 그의 얼굴이 내가 지금까지 본 모습 가운데 가장 아름답게 느껴졌다. "선생님은 단지 그 때문에 머물러 계신 거예요?"

"그건 사실이야. 난 네 친구로서 계속 머물러 있으니까. 그리고 내가 엄청난 관심을 갖고 있는 만큼 네게 뭔가 더욱 이로울 수도 있어. 그건 놀랄 필요도 없지." 내 목소리는 너무나 떨려 참으로 억누르기 어려웠다. "폭풍우가 치던 밤, 내가 너의 침대에 앉아 널 위해 무엇이든 하겠다고 말한 걸 기억하니?"

"기억하고말고요!" 마일스는 더욱 눈에 띌 만큼 초조해 하며 억양을 조절하려고 했다. 하지만 그는 나보다 훨씬 침착했기 때문에 자신의 침울함을 비웃고서, 우리가 유쾌한 농담을 하는 체할 수 있었다. "그건 단지 선생님을 위해 뭔가 하려고 했기 때문이에요!"

"네게 뭔가 시켜 볼 생각도 했지." 나는 시인했다. "하지만 넌 그걸 하지 않았잖아."

"그렇죠." 마일스는 겉으로는 매우 밝고 진지하게 말했다. "제가 선생님에게 뭔가 말해 주길 바라셨죠."

"바로 그거야. 네가 품고 있는 생각을 정확히 말해 봐."

"그렇다면 지금까지 그것 때문에 머물러 계셨나요?"

마일스는 쾌활하게 말했지만, 노여움으로 목소리가 가늘게 떨리고 있음을 나는 감지할 수 있었다. 그러나 나는 그렇게 애매한 굴복의 징후가 가져올 효과를 표현조차 할 수 없었다. 그건 마치 나의 간절한 소망이 나를 놀라게 하는 데 그친 것 같은 느낌이었다. "아무렴, 속 시원히 털어놓는 게 좋아. 바로 그 때문이니까."

마일스가 너무나 오랫동안 기다린 이유는 내 행위의 근거가 된 전제를 거부했기 때문이었다. 그러나 이윽고 그가 이렇게 말했다. "지금, 여기에서요?"

"이보다 더 좋은 장소와 시간이 어디 있겠니." 마일스가 불안하게 주위를 살피자, 나는 그에게 급박한 공포가 찾아왔다는 최초의 징후를 힘겹게 (정말 진기하게) 발견했다! 그가 갑자기 나를 두려워하는 듯이 보였기에, 나는 그를 두렵게 만드는 것이 실로 최상의 방책이라고 간주했다. 하지만 고통스러운 노력을 기울이다 나는 엄하게 군다는 것이 무익함을 깨달았다. 그러자 다음 순간 나는 기괴하리만큼 자신이 부드러워진 것을 발견했다. "다시 밖으로 나가겠단 말이지?"

"그럼요!" 마일스는 내게 대담한 미소를 지었고, 고통으로 실제 얼굴이 붉어져 깜찍한 용맹이 돋보였다. 그는 자신이 가져온 모자를 집어 들고 빙빙 돌리며 서 있었는데, 그 모습은 목적 달성을 눈앞에 둔 나조차 야릇한 공포를 느끼게 했다. 어떤 방법으로든 이 일을 수행한다는 건 폭력 행위가 된다. 왜냐하면 그건 내게 아름다운 친교의 가능성을 열어 주었던, 의지할 데 없는 어린 인간에게 조악한 감정과 죄책감을 강요하는 짓이 아니라면 무엇이겠는가? 그토록 정교한 존재에게 용납되지 않은 곤경을 표출하는 건 비열하지 않을까? 나는 지금 내가 우리의 상황을 그 당시에는 불가능했던 명백함으로 해석하고 있다고 생각한다. 왜냐하면 나는 가련한 우리들의 눈빛이 이미 앞으로 다가올 고뇌를 예고하는 섬광으로 타오르고 있음을 보았기 때문이다. 그래서 감히 서로 맞붙지 못하는 투사들처럼 우리는 두려움과 망설임으로 주위를 배회하였다. 그러나 우리가 두려워한 건 각기 상대방이었던 것이다! 그것은 우리의 긴장을 조금 더 죄고 서로 다치지 않도록 했다. "전 모든 걸 말씀드리겠어요." 마일스가 말했다. "선생님이 바라시는 건 무엇이든 말씀드리겠어요. 선생님은 줄곧 저와 함께 있을 테고, 우린 모두 괜찮아질 거예요. 그러니 얘기하겠어요. 틀림없이. 하지만 지금은 안 돼요."

"왜 그렇지?"

나의 완강함에 그는 등을 돌려 다시 한번 말없이 창가를 향했고, 우리 사이에는 숨 막힐 듯한 침묵이 흘렀다. 그러자 마일스는 자신이 솔직하게 털어놓아야 할 어떤 사람이 바깥에 대기하고 있다는 듯이 다시 내 앞에 섰다. "전 루크를 만나겠어요."

나는 여태껏 마일스가 그토록 비열한 거짓말을 하도록 한 적이 없었기 때문에 당연히 수치심을 느꼈다. 그러나 비록 무서운 일이었지만 그의 거짓말이 나의 진실을 보충해 주었다. 나는 생각에 잠겨 둥그렇게 몇 번 뜨개질을 했다. "좋아, 그럼 루크에게 가 봐. 난 네가 약속한 걸 기다릴 테니까. 다만 그 대가로 네가 떠나기 전 한 가지 매우 사소한 요청을 들어줘야 해."

마일스는 성공을 거두었으니 대수롭지 않은 흥정쯤은 들어줄 수 있다고 느낀 듯했다. "매우 사소한 건가요?"

"그럼, 아주 작은 일에 불과해. 말해 봐." 나는 뜨개질에 몰두하며 즉석에서 말했다! "넌 어제 오후에 복도 탁자 위에 놓인 내 편지를 집어 갔지?"

24장

이 질문을 마일스가 어떻게 받아들였는지 잠시 주저한 건, 나의 주의력이 극히 분산되었기 때문이라고밖에 말할 수 없다. 처음에 이 충격으로 나는 곧장 자리에서 일어나 단지 맹목적인 동작으로 아이를 붙잡고 꽉 껴안아, 바로 옆에 있던 가구로 넘어져 몸을 기대며 본능적으로 그의 등을 창문 쪽으로 돌렸다. 내가 이곳에서 이미 상대했던 유령이 우리에게 모습을 완연히 드러냈던 것이다. 마치 감옥 앞의 간수처럼 모습을 나타낸 피터 퀸트는 바깥에서 창문으로 다가왔다. 그는 저주받은 하얀 얼굴을 유리창에 바싹 대고 실내를 노려보고 있었다. 그 순간 내가 결단을 내렸다고 말한다 해도, 그것은 이 광경을 목격한 후 나의 내부에 발생한 일을 제대로 표현하지 못한 데 불과하다. 하지만 나는 이처럼 순간적인 타격을 입은 여인이라면 누구도 자신의 행동에서 마음의 평정을 찾을 수 없다고 믿는다. 유령의 급박한 출현으로 깊은 공포에 사로잡혀 있는 동안, 내가 보고 직면한 것을 바라보며 나는 어린아이가 그걸 알지 못하게 해야 한다고 생각했다. 언뜻 떠오른 생각은 (달리 부를 방도가 없다.) 내가 어떻게 자발적으로 초연하게 아이가 이 일을 모르도록 할지에 있었다. 그건 마치 한 인간의 영혼을 위해 악마와 싸우는 것과 같았다. 그 점을 냉정히 인식하자 나는 바로 가까이에서 떨리는 내 손을 잡은 한 인간의 영혼이, 사랑스럽고 앳된 이마에서 이슬 같은 땀을 흘리는 것을 보았다. 내게 밀착된 아이의 얼굴은 유리창에 기댄 얼굴만큼이나 창백하였다. 이윽고 아이의 얼굴에서 낮지도 가냘프지도 않은, 마치 멀리서 울리는 듯한 소리가 나오자 나는 향기를 마시듯 그것을 흡입했다.

"네, 제가 집어 갔어요."

이 말을 듣고 나는 기쁨의 신음을 토하며, 마일스를 포옹하여 바싹 끌어당겼다. 나는 아이의 작은 몸이 갑자기 발산한 열기 속에서 엄청나게 고동치는 여린 심장을 느낄 수 있었지만, 그 와중에도 창가에 있는 존재를 계속 주시하며 그것이 자세를 움직이고 요동치는 모습을 보았다. 내가 간수에 비유했던 그 존재가 잠시 느릿하게 선회하는 동작은 마치 당혹한 짐승이 배회하는 듯했다. 하지만 이제는 솟구치는 내 용기를 발산하지 않으려고 나의 격정을 억눌러야 할 지경이었다. 그 사이 실내를 노려보던 유령이 망을 보며 기다리겠다는 듯이, 꼼짝도 하지 않는 악한처럼 다시 창가에 나타났다. 내가 지금 그에게 대항할 수 있는 건 바로 자신감 때문이었고, 또한 나를 물러서지 않게 만든 건 아이가 그때까지 아무것도 모르고 있다는 확신이었다. "무엇 때문에 편지를 집어 갔지?"

"저에 대해 무슨 말씀을 하셨는지 알아보려고요."

"편지를 뜯어보았니?"

"그럼요."

나는 이제 다시 마일스를 조금 느슨하게 잡고 그의 얼굴을 들여다보았다. 아이의 얼굴은 조롱의 빛이 사라진 채 자신이 얼마나 극심한 불편을 겪고 있는지 보여 주었다. 놀라운 사실은 드디어 내가 거둔 성공으로 그의 감각이 폐쇄되어 유령과 아이의 소통이 막혔다는 점이었다. 마일스는 자기 앞에 놓인 존재를 알면서도 그 실체를 파악하지 못했을 뿐만 아니라, 더욱이 내가 그 존재와 더불어 실체까지 알고 있다는 사실 역시 몰랐다. 그렇다면 창가로 눈을 되돌려 다시 공기가 맑아지고 (내가 거둔 승리로 말미암아) 유령의 영향력이 사라졌다는 것을 알았을 때, 이 같은 일련의 고통이 무슨 문제가 될 것인가? 그곳에는 아무것도 없었으므로 나는 내 승리를 확실히 마무리해야 한다고 느꼈다. "그럼 아무것도 보지 못했지?" 나는 의기양양했다.

마일스는 무척 애처롭게 그리고 생각에 잠긴 듯이 자그만 머리를 저었다. "아무것도요."

"아무것도 보지 못했다고? 정말이지!" 나는 환호의 소리를 지를 뻔했다.

"그럼요, 정말이에요." 마일스는 슬픈 듯이 말을 되풀이했다.

나는 땀에 젖어 축축한 그의 이마에다 키스를 했다. "그렇다면 그 편지는 어떻게 했니?"

"태워 버렸어요."

"태워 버렸다고?" 지금 추궁하지 못하면 영원히 알지 못하리라. "그게 학교에서 한 짓이니?"

아, 이 말이 뭔가 다른 걸 환기했는가! "학교에서라뇨?"

"거기서 편지를 집어 갔니? 아니면 다른 물건들을?"

"다른 물건이라뇨?" 마일스는 이제 저 멀리 떨어져, 단지 엄습하는 불안으로 뭔가 자신에게 다가온 것을 생각하는 듯이 보였다. 그는 뭔가 생각났던 모양이다. "제가 훔쳤냐고요?"

나는 부끄러워 어쩔 줄 몰랐다. 뿐만 아니라 어린 신사에게 그런 질문을 던지는 게 이상할지, 아니면 그가 바닥에 떨어진 자신의 평판을 인정하고 받아들이는 것을 보는 게 더 이상할지 궁금했다. "네가 돌아가지 않으려는 건 그 때문이지?"

마일스는 다소 겁이 난 듯 약간 놀란 기색을 보였을 뿐이다. "제가 돌아가지 않으려는 걸 아셨어요?"

"모든 걸 알고 있지."

그는 이 말에 너무나 우울하고도 야릇한 표정을 지었다. "모든 걸요?"

"그렇고말고. 그러니까 네가 했다는 거야?" 하지만 나는 다시 말할 순 없었다.

마일스는 무척 간단하게 대답했다. "아뇨. 전 훔치지 않았어요."

내 표정은 틀림없이 그를 완전히 믿고 있음을 드러냈다. 그렇지만 내 손은 (비록 순수한 부드러움을 담고 있었지만) 만일 아무런 목적이 없었다면 무엇 때문에 그가 몇 달 동안이나 나를 괴롭혔는지 묻기라도 하듯 아이를 흔들었다. "그렇다면 무슨 짓을 했지?"

마일스는 희미한 고통으로 천장을 휘둘러보고 난감하다는 듯이 두세 번 숨을 쉬었다. 그는 바다 밑바닥에 서서, 푸르스름한 황혼을 향해 눈길을 올리는 모습이었다. "글쎄요, 제가 나쁜 말을 했거든요."

"그뿐이야?"

"학교에선 그것만으로도 충분하다고 생각했거든요."

"너를 내쫓기에 말이지?"

이 어린아이만큼 학교에서 쫓겨나고서도 별다른 변명을 하지 않는 인간은 정말 없으리라! 그는 내 질문을 속으로 헤아리는 듯했지만, 무척 초연하면서도 어쩔 줄 몰라 했다. "그런 말은 하지 말았어야 했어요."

"그런데 누구에게 그런 말을 했지?"

마일스는 분명히 기억해 보려고 하다 포기하고 말았다. 잊어버렸던 것이다. "모르겠어요!"

그는 항복하고 나서 쓸쓸한 미소를 띨 지경이었다. 실로 이제는 너무나 분명한 항복이므로, 나는 더 이상 그를 몰아세우지 않았어야 했다. 하지만 나는 완전히 몰입해 있었다. 그때는 그를 궁지에 몰아넣었던 효과가 이미 다른 방향으로 나아가고 있었지만, 나는 승리감에 도취되었던 것이다. "모든 사람들에게 얘기했지?" 내가 물었다.

"아뇨. 그건 다만." 하지만 마일스는 괴롭다는 듯이 고개를 약간 저었다. "이름은 기억나지 않아요."

"그렇다면 이름이 그렇게도 많아?"

"아뇨, 몇 명에 불과해요. 제가 좋아한 아이들이었거든요."

좋아한 아이들이라고? 나는 머릿속이 선명해지기는커녕 더욱 어두운 모호함 속으로 표류하는 듯했다. 그리고 이내 그런 동정심으로 말미암아 그가 순진할지도 모른다는 경각심이 섬뜩 들었다. 순간적으로 혼동스럽고 갈피를 잡을 수 없는 느낌이었다. 왜냐하면 만일 그가 순진하다면 나는 대체 무엇이란 말인가? 의문이 계속되자 그것이 단지 스쳐 갔는데도 온몸이 마비되어 나는 마일스를 약간 놓아주었다. 그리하여 깊은 한숨을 쉬며 마일스는 다시 내게 등을 돌리고 말았다. 마일스가 투명한 창문으로 나아가자 나는 이제 그를 가로막을 핑계가 없다고 느껴 내버려 두었다. "그럼 그 애들이 네가 말한 걸 일러바쳤니?" 나는 잠시 후 말을 계속했다.

마일스는 아직 거칠게 숨을 내쉬며, 비록 지금은 화가 나지 않았지만 자신이 원치 않는 구속을 다시 받고 있다는 듯이 이내 내게서 조금 멀어졌다. 마일스는 이전에 했던 대로 다시 한 번 어스레한 창밖을 바라보았다. 그 모습은 마치 지금까지 자기를 지탱해 주었던 것 가운데서 형언할 수 없는 고뇌 외에 아무것도 남아 있지 않는 것처럼 보였다. "네, 그래요." 그럼에도 불구하고 마일스가 대답했다. "그 애들이 일러바친 게 틀림없어요. 자기들과 친한 친구들에게요." 그가 말을 덧붙였다.

그 대답은 기대했던 것보다 다소 미흡했지만, 나는 그 말을 숙고해 보았다. "그래서 그런 말들이 흘러나왔지?"

"선생님들에게서요? 그럼요!" 그는 무척 간단히 대답했다. "하지만 전 그들이 말할 줄 몰랐어요."

"선생님들 말이니? 그분들은 말하지 않았어. 그렇게 한 적이 없는걸. 그게 내가 묻는 점이야."

마일스는 작고 아름다운, 상기된 얼굴을 다시 내게 돌렸다. "네, 그건 너무 심해요."

"너무 심하다니?"

"제가 이따금 한 듯한 말을 집으로 써 보내다니 말이에요."

어린아이의 입에서 그런 조리에 맞지 않는 소리를 듣고, 나는 말할 수 없이 묘한 슬픔을 느꼈다. 다음 순간 나는 단순한 억양으로 무의식중에 말을 꺼냈다. "허튼소리 같으니!" 그러나 이 말을 꺼낸 다음 내 말이 몹시 엄숙하게 들렸음을 느꼈다. "네가 했다는 말이 뭐지?"

나의 엄숙함은 아이를 재판하는 사람이나 집행인에게는 어울렸겠지만, 이 때문에 마일스는 다시 얼굴을 돌리고 말았다. 그런 동작은 나로 하여금 영문도 모르게 소리를 지르며 곧장 그에게 뛰어가게 했다. 왜냐하면 거기에 유리창에 기대어 마치 아이의 고백을 방해하고 대답을 멈추게 하려는 듯이, 우리의 근심을 자아낸 흉측한 인물이 하얀 얼굴에 저주를 담고 다시 나타났기 때문이다. 나는 승리가 저지되고 전투가 완전히 새롭게 시작되는 데 현기증이 났다. 그래서 나는 급작스레 벌떡 일어났는데, 그런 나의 행동이 악마의 존재를 알린 격이 되었다. 그런 행동을 하는 도중, 나는 마일스가 뭔가 눈치를 채고 나를 주시한다는 것을 알았다. 그러나 그는 단지 짐작만 할 따름이었고, 아직 창문에 누가 있는지 알지 못하는 것 같았기 때문에, 나에게는 그 아이를 낙담의 구렁텅이로부터 확실히 해방시키려는 충동이 불길처럼 타올랐다. "안 돼, 안 돼, 더 이상 안 돼!" 나는 마일스를 꼭 껴안으며 내 방문객에게 고함을 질렀다.

"선생님이 여기 계신가요?" 마일스는 감긴 눈으로 내 말이 들리는 방향을 감지하며 숨을 헐떡였다. '선생님'이라는 마일스의 이상한 말에 내가 비틀거리고 숨을 헐떡이며 "제셀 양! 제셀 양!" 하고 말을 되풀이하자, 그가 갑작스러운 분노로 나를 밀쳤다.

나는 놀라서 아이의 추측을 간파했다. 그것은 우리가 플로라에게 했던 일련의 행위와 같은 것이었다. 그러나 이것이 제셀 양보다 오히려 낫다는 것을 그에게 알리고 싶을 따름이었다. "제셀 양이 아니야! 하지만 그게 창문에 있어. 바로 우리 앞에. 저기 있잖아. 비겁한 괴물 같으니. 저기 마지막으로 나타난 거야!"

이 말을 듣자 마일스는 순식간에 마치 미친개가 냄새를 맡고 머리를 흔들다 몸을 치떨며 돌파구를 찾듯 (내 느낌에 지금도 유령이 독기처럼 방 안을 가득 채우고 있는데도) 흐릿하게 창문 위를 둘러보았다. 그는 우리를 엄습한 거대한 존재를 도무지 찾지 못한 채 당황하여 새파랗게 질려 나를 쏘아보았다. "그분이 오셨나요?"

나는 온갖 증거를 잡으려고 굳은 결심을 하던 참이라 냉정한 마음으로 아이에게 도전했다. "'그분'이라니 누구 말이냐?"

"피터 퀸트죠. 이 악마 같으니!" 마일스의 얼굴은 애원하듯 경련하며 다시 방 안을 살폈다. "어디죠?"

내 귀에는 마일스가 드디어 입 밖에 낸 이름과, 나의 헌신적인 노력에 대한 그의 보답의 소리가 아직도 들려오고 있다. "이젠 그 사람이 무슨 상관이 있겠니? 그리고 앞으로도 무슨 상관이 있겠어? 난 너를 가졌는데." 나는 짐승 같은 유령에게 대들었다. "마일스는 영원히 당신을 떠났어!" 그리고 내 업적을 자랑하듯 마일스에게 말했다. "저기, 저기를 봐!"

그러나 마일스는 이미 몸을 홱 돌려 응시하며 노려보았으나 고요한 빛밖에 보지 못했다. 내가 그토록 자랑스럽게 여긴 것에 대해 상실의 타격을 받아, 아이는 심연으로 떨어진 동물의 울음소리로 부르짖었다. 내가 다시 마일스를 잡은 것은 바닥으로 떨어지고 있는 그를 붙잡은 것과 마찬가지였다. 나는 분명히 그를 잡고 껴안았다. 내가 무슨 열정으로 그를 잡았는지 상상할 수 있으리라. 하지만 이윽고 나는 나 자신이 껴안고 있는 것이 정말 무엇인지 느끼기 시작했다. 고요한 날 실내에는 우리 둘뿐이었고, 악령을 쫓아낸 그의 여린 심장은 고동을 멈추어 버린 것이다.

작품 해설

심리 소설의 창시자 헨리 제임스와 『나사의 회전』

영미 문학을 대표하는 작가 헨리 제임스(Henry James)는 1843년 미국 뉴욕에서 태어나 1916년 영국 런던에서 작고할 때까지 모두 22편의 소설과 113편의 단편을 남겼다. 심리 소설의 창시자, 혹은 현대 소설의 기법을 확립한 작가로 평가받는 제임스의 대표작 가운데 하나인 『나사의 회전(The Turn of the Screw)』은 1898년 1월부터 4월까지 미국의 주간지에 연재된 다음 1898년 후반에 출간되었다. 제임스의 문학 연대기에서 볼 때 이 소설은 1878년에 나온 『데이지 밀러(Daisy Miller)』에 이어 일반 독자들의 관심을 자극한 두 번째 작품이 된다. 이 작품이 구상된 것은 1895년 1월 10일 저녁, 그가 영국 캔터베리 대주교였던 E. W. 벤슨을 만나 환담하는 가운데, 한적한 장소에서 사악한 하인들의 유령에게 시달리는 어린아이들에 관한 이야기를 듣고 나서였다. 대주교로부터 들은 내용은 이것이 전부였지만, 제임스는 자신의 상상력을 가동하여 줄거리를 구성하고, 암시적이고 모호한 문체를 통하여 극적 효과를 창출하였다. 유령 소설이라기보다 심리 소설에 가까운 이 작품은 유령의 실체에 대한 상반된 태도, 인간의 복합적 심리, 선과 악의 갈등, 숨겨진 비밀의 탐색 등과 같은 문제를 제임스 특유의 방식으로 제시하고 있다.

『나사의 회전』은 제임스의 작품 가운데 가장 많은 논란을 불러일으켰는데, 그 이유는 바로 이 소설이 갖는 모호성에 있다. 가정 교사의 일인칭 시점으로 전개되는 이 소설은 유령의 실체에 대하여 상반된 해석을 가능하게 함으로써, 독자들로 하여금 어느 한편의 입장을 고수하기 어렵게 만든다. 다시 말해, 이 소설에 등장하는 유령은 실제로 존재하는가, 아니면 가정 교사의 환상에서 비롯된 것인가, 유령은 초자연적인 존재인가, 아니면 개인의 심리에서 만들어진 것인가 하는 견해가 엇갈렸던 것이다. 이 소설의 아이러니는 이러한 대립적 견해 중 어느 한편에 동조하게 되면 필연적 모순에 직면한다는 점이다. 소설의 해석에 대하여 이처럼 상반된 견해가 노출된 이유는 두말할 나위 없이 제임스가 구사한 놀라운 기법과 절묘한 서술 균형에 있다. 제임스는 작품 속에 거미줄처럼 수많은 복선을 넣어 온갖 해석이 가능하도록 했을 뿐만 아니라, 인간 내부의 어두운 심연을 통찰하고, 인간 의식의 특징을 모호성으로 규정하여 유령은 물론, 유령으로 상징되는 여러 문제를 인식하는 방법을 제시하였다.

『나사의 회전』이 많은 독자들을 매료시킨 요인은 이 소설이 전통적인 유령 이야기의 플롯에서 벗어난 데 있다. 가정 교사의 서술로 진행된 줄거리상에서 유령은 실제로 존재하지 않고 단지 환상에서 만들어졌다는 견해가 이 소설에 대한 일차적 해석으로 제기된다. 정신분석학적 이론에 따른다면 이 소설은 그야말로 억압되고 좌절된 성적 욕구를 가진 어느 젊은 여인의 환상을 보여 준 하나의 사례로 간주된다. 시골 목사의 딸로 태어난 가정 교사는 오랫동안 억압되었던 자신의 성적 욕구를 오직 한 차례 보았을 뿐인 고용주에게 투사하고 새로운 환경에서 모든 상황을 이와 결부시킨다. 따라서 독자들은 맨 먼저 가정 교사가 서술하는 이야기에 동조하다가, 점차 그녀의 진술과 정신 상태를 의심하며 심적 동요를 겪는 가운데 유령의 존재에 의문을 품게 된다. 가정 교사가 묘사한 유령의 모습이 그녀의 왜곡된 상상력에서 비롯되었다는 주장은, 작품 속에 담겨 있는 무수한 증거로 타당성을 갖는다. 그럼에도 가정 교사의 서술이 독자들에게 권위와 신빙성을 갖는 이유는 블라이의 저택에서 그녀가 갖는 절대적인 영향력 때문이다. 마일스와 플로라는 물론, 집안일을 돕는 그로스 부인마저 가정 교사의 강박 관념에 예속되어, 무엇이든 가정 교사가 그들로 하여금 믿도록 하는 대로 따른다. 가정 교사는 지력이나 판단력에서 자신보다 열등한 이들 인물들이 유령의 존재를 인정하도록 교묘한 방법으로 심문과 심리적 학대를 자행한다.

이 소설에 대한 또 다른 해석의 축은 가정 교사가 묘사한 유령의 존재를 사실대로 인정해야 한다는 견해다. 가정 교사는 블라이의 저택에 부임하기 전까지 피터 퀸트와 제셀 양의 실제 모습을 보지 못했을 뿐 아니라, 이들에 대한 이야기조차 구체적으로 듣지 못했지만, 그녀가 그로스 부인과 아이들에게 설명하는 유령의 형상은 놀랍도록 사실적이다. 더욱이 마일스가 학교에서 퇴학을 당한 일이나, 유령이 등장한 순간 순진한 아이들이 가정 교사에게 던진 끔찍한 말들은 이들이 실제로 악의 영향 아래 놓여 있음을 단적으로 입증한다. 그렇다면 가정 교사의 역할은 순진한 아이들과 유령 사이의 교류를 차단하여 악의 영향으로부터 어린아이들을 보호하는 데 있으며, 자신의 직무에 충실하게 누구도 인정하지 않는 유령의 존재에 대항하는 그녀의 외롭고 힘든 투쟁은 고전에서 목격되는 비극적인 영웅적 행위가 된다.

이 소설에서 제임스는 유령의 출현보다 어린아이들의 순수성을 돋보이게 함으로써 전통적인 유령 소설의 공포와 대비되는 효과를 거두었다. 독자들이 가정 교사의 진술을 따를 경우 유령을 추종하는 어린아이들의 말과 행동이 절대적 가식으로 간주되어, 오히려 천사 같은 아이들의 순수성 자체가 공포를 심화하는 요소가 된다. 그러므로 가정 교사에게 유령이 나타난 장면보다 유령의 존재를 인정하지 않는 어린아이들의 끔찍한 태도가 더욱 무섭게 느껴지는 효과를 갖는 것이다. 예를 들면, 호숫가에 나타난 제셀 양의 유령을 목격한 가정 교사가 플로라로 하여금 유령의 존재를 확인하도록 유도하는 장면에서, 독자들은 유령의 존재보다 어린아이의 반응에서 더욱 기묘한 공포와 전율을 체감한다. 그러나 이 소설의 결말은 가정 교사의 서술을 신뢰한 독자들을 큰 혼란에 빠뜨린다. 여기서 유령의 존재를 강요한 가정 교사의 손에 의해 죽은 마일스의 영혼은 구제된 것일까. 아니면 최후의 순간 퀸트의 이름을 언급하며 가정 교사에게 저주를 퍼부은 마일스는 가정 교사의 희생양이 된 것일까. 노련한 가정 교사와 대비되는 어린 마일스의 운명은 사실상 유령의 존재에 대하여 독자들이 갖는 인식의 운명으로 볼 수 있다.

2005년 여름

최경도

작가 연보

1843년 4월 15일 뉴욕에서 태어나다.

1843년 부모를 따라 삼 년간 첫 번째 유럽 여행을 하다.

1845년 1855년까지 어린 시절을 뉴욕에서 보내다.

1855년 제네바, 런던, 파리 등으로 사 년간 여행하다.

1861년 뉴포트에서 소방수로 자원하여 활동하던 중 척추에 부상을 입다.

1862년 하버드 법과대학에 재학하다.

1864년 가족이 보스턴으로 이주하다. 최초의 단편 「실수의 비극(A Tragedy of Error)」 외 평론을 발표하다. 《북아메리카 평론(North American Review)》 편집장 찰스 엘리엇 노튼(Charles Eliot Norton)과 친교하다.

1866년 가족이 보스턴 근교 케임브리지로 이주하다. 월간 《애틀랜틱》의 부편집장 윌리엄 딘 하우얼스(William Dean Howells)를 만나다.

1869년 영국, 프랑스, 스위스, 이탈리아 등지를 여행하다. 1870년 3월 사촌 미니 템플(Minny Temple)이 세상을 떠나다.

1871년 케임브리지로 돌아와 월간 《애틀랜틱》에 최초의 소설 「파수꾼(Watch and Ward)」을 발표하다.

1872년 삼 년간 유럽을 여행하다.

1875년 파리에서 투르게네프(Ivan Turgenev), 플로베르(Gustave Flaubert), 졸라(Emile Zola), 도데(Alphonse Daudet) 등을 만나다. 『열정적 순례자(A Passionate Pilgrim)』, 『대서양 횡단 스케치(Transatlantic Sketches)』, 『로더릭 허드슨(Roderick Hudson)』 등을 발표하다.

1877년 파리와 로마를 방문하다. 『아메리칸(The American)』을 발표하다.

1878년 『데이지 밀러(Daisy Miller)』, 『프랑스 문인들(French Poets and Novelists)』, 『유럽인들(The Europeans)』등을 발표하다.

1879년 평전(評傳) 『호손(Hawthorne)』을 발표하다.

1880년 피렌체와 로마를 방문하다. 『워싱턴 광장(Washington Square)』을 발표하다.

1881년 베네치아, 밀라노, 로마, 스위스, 스코틀랜드 등지를 방문하다. 『귀부인의 초상(The Portrait of a Lady)』을 발표하다.

1882년 양친이 세상을 뜨다.

1884년 파리를 방문하여 도데, 졸라 등과 재회하다. 『프랑스 탐방(A Little Tour in France)』을 발표하다.

1886년 런던으로 이주. 『보스턴 사람들(The Bostonians)』, 『카사마시마 공주(The Princess Casamassima)』 등을 발표하다.

1888년 『반향(The Reverberator)』, 『애스펀 문서(The Aspern Papers)』 등을 발표하다.

1890년 이탈리아를 방문하다. 『비극의 뮤즈(The Tragic Muse)』를 발표하다.

1892년 이탈리아 방문 후 런던으로 돌아오다. 여동생 앨리스(Alice James)가 세상을 뜨다.

1897년 영국의 소도시 라이(Rye)에서 램 하우스(Lamb House)를 구입하다. 『포인턴의 소장품(The Spoils of Poynton)』, 『메이지의 자각(What Maisie Knew)』 등을 발표하다.

1898년 『나사의 회전(The Turn of the Screw)』을 발표하다.

1899년 이탈리아를 방문하다. 『사춘기(The Awkward Age)』를 발표하다.

1901년 『성자의 샘(The Sacred Fount)』을 발표하다.

1902년 『비둘기 날개(The Wings of the Dove)』를 발표하다.

1903년 『사자들(The Ambassadors)』을 발표하다.

1904년 미국을 떠난 후 이십일 년 만에 돌아오다. 『황금주발(The Golden Bowl)』을 발표하다.

1905년 뉴욕, 필라델피아, 워싱턴, 플로리다, 시카고, 캘리포니아 등지를 방문하다. 『발자크의 교훈(The Lesson of

Balzac)』, 『영국 기행(English Hours)』 등을 발표하다.

1907년 『미국 기행(The American Scene)』을 발표하다. 1907년 12월부터 1909년 7월에 걸쳐 전부 24권으로 된 『헨리 제임스 작품선집(The Novels and Tales of Henry James)』을 발표하다.

1909년 『이탈리아 기행(Italian Hours)』을 발표하다.

1910년 형 윌리엄(William James)이 세상을 뜨다.

1911년 하버드 대학교에서 명예 학위를 받다.

1912년 옥스퍼드 대학교에서 명예 학위를 받다.

1913년 일흔 회 생일을 맞이하여 화가 사전트(John Singer Sargent)가 초상화를 그리다. 자서전 『소년과 그 밖의 이야기(A Small Boy and Others)』를 발표하다.

1914년 자서전 『아들과 아우의 노트(Notes of a Son and Brother)』를 발표하다.

1915년 영국으로 귀화하다.

1916년 국왕 조지 5세로부터 명예 훈장을 받다. 2월 28일 런던의 첼시(Chelsea)에서 73세를 일기로 별세하다. 첼시 교회에서 장례식이 거행되고, 유해는 미국 케임브리지의 가족 묘지에 안장되다.

1917년 미완성 유작 『상아탑(The Ivory Tower)』, 『과거의 감각(The Sense of the Past)』, 『중년기(The Middle Years)』 등이 발표되다.

세계문학전집 122

나사의 회전

1판 1쇄 펴냄 2005년 7월 10일
1판 26쇄 펴냄 2022년 10월 28일

지은이 헨리 제임스
옮긴이 최경도
발행인 박근섭, 박상준
펴낸곳 (주)민음사

출판등록 1966. 5. 19. (제 16-490호)
서울특별시 강남구 도산대로1길 62(신사동) 강남출판문화센터 5층 (우편번호 06027)
대표전화 02-515-2000 팩시밀리 02-515-2007
www.minumsa.com

ISBN 978-89-374-6122-4 04800
ISBN 978-89-374-6000-5 (세트)

* 잘못 만들어진 책은 구입처에서 교환해 드립니다.

세계문학전집 목록

1·2 **변신 이야기** 오비디우스 · 이윤기 옮김 서울대 권장도서 100선

3 **햄릿** 셰익스피어 · 최종철 옮김 서울대 권장도서 100선 | 미국대학위원회 선정 SAT 추천도서

4 **변신 · 시골의사** 카프카 · 전영애 옮김 서울대 권장도서 100선

5 **동물농장** 오웰 · 도정일 옮김 미국대학위원회 선정 SAT 추천도서 | 《타임》 선정 현대 100대 영문소설

6 **허클베리 핀의 모험** 트웨인 · 김욱동 옮김 《뉴스위크》 선정 100대 명저

7 **암흑의 핵심** 콘래드 · 이상옥 옮김 미국대학위원회 선정 SAT 추천도서 | 《뉴스위크》 선정 10대 명저

8 **토니오 크뢰거 · 트리스탄 · 베니스에서의 죽음** 토마스 만 · 안삼환 외 옮김 노벨 문학상 수상 작가

9 **문학이란 무엇인가** 사르트르 · 정명환 옮김

10 **한국단편문학선 1** 김동인 외 · 이남호 엮음 국립중앙도서관 선정 청소년 권장도서

11·12 **인간의 굴레에서** 서머싯 몸 · 송무 옮김

13 **이반 데니소비치, 수용소의 하루** 솔제니친 · 이영의 옮김 노벨 문학상 수상 작가

14 **너새니얼 호손 단편선** 호손 · 천승걸 옮김

15 **나의 미카엘** 오즈 · 최창모 옮김

16·17 **중국신화전설** 위앤커 · 전인초, 김선자 옮김

18 **고리오 영감** 발자크 · 박영근 옮김

19 **파리대왕** 골딩 · 유종호 옮김 노벨 문학상 수상 작가 | 《타임》 선정 현대 100대 영문소설

20 **한국단편문학선 2** 김동리 외 · 이남호 엮음

21·22 **파우스트** 괴테 · 정서웅 옮김 서울대 권장도서 100선 | 미국대학위원회 선정 SAT 추천도서

23·24 **빌헬름 마이스터의 수업시대** 괴테 · 안삼환 옮김

25 **젊은 베르테르의 슬픔** 괴테 · 박찬기 옮김 논술 및 수능에 출제된 책(1998~2005)

26 **이피게니에 · 스텔라** 괴테 · 박찬기 외 옮김

27 **다섯째 아이** 레싱 · 정덕애 옮김 노벨 문학상 수상 작가

28 **삶의 한가운데** 린저 · 박찬일 옮김

29 **농담** 쿤데라 · 방미경 옮김

30 **야성의 부름** 런던 · 권택영 옮김

31 **아메리칸** 제임스 · 최경도 옮김

32·33 **양철북** 그라스 · 장희창 옮김 노벨 문학상 수상 작가 | 서울대 권장도서 100선

34·35 **백년의 고독** 마르케스 · 조구호 옮김 노벨 문학상 수상 작가 | 서울대 권장도서 100선

36 **마담 보바리** 플로베르 · 김화영 옮김 서울대 권장도서 100선

37 **거미여인의 키스** 푸익 · 송병선 옮김

38 **달과 6펜스** 서머싯 몸 · 송무 옮김

39 **폴란드의 풍차** 지오노 · 박인철 옮김

40·41 **독일어 시간** 렌츠 · 정서웅 옮김

42 **말테의 수기** 릴케 · 문현미 옮김

43 **고도를 기다리며** 베케트 · 오증자 옮김 노벨 문학상 수상 작가 | 서울대 권장도서 100선

44 **데미안** 헤세 · 전영애 옮김 노벨 문학상 수상 작가

45 젊은 예술가의 초상 조이스·이상옥 옮김 서울대 권장도서 100선
46 카탈로니아 찬가 오웰·정영목 옮김
47 호밀밭의 파수꾼 샐린저·공경희 옮김 《타임》 선정 현대 100대 영문소설 | 미국대학위원회 선정 SAT 추천도서 | 《뉴스위크》 선정 100대 명저 | BBC 선정 꼭 읽어야 할 책
48·49 파르마의 수도원 스탕달·원윤수, 임미경 옮김
50 수레바퀴 아래서 헤세·김이섭 옮김 노벨 문학상 수상 작가 | 국립중앙도서관 선정 청소년 권장도서
51·52 내 이름은 빨강 파묵·이난아 옮김 노벨 문학상 수상 작가
53 오셀로 셰익스피어·최종철 옮김 서울대 권장도서 100선
54 조서 르 클레지오·김윤진 옮김 노벨 문학상 수상 작가
55 모래의 여자 아베 코보·김난주 옮김
56·57 부덴브로크 가의 사람들 토마스 만·홍성광 옮김 노벨 문학상 수상 작가
58 싯다르타 헤세·박병덕 옮김 노벨 문학상 수상 작가
59·60 아들과 연인 로렌스·정상준 옮김 《뉴스위크》 선정 100대 명저
61 설국 가와바타 야스나리·유숙자 옮김 노벨 문학상 수상 작가 | 서울대 권장도서 100선
62 벨킨 이야기·스페이드 여왕 푸슈킨·최선 옮김
63·64 넙치 그라스·김재혁 옮김 노벨 문학상 수상 작가
65 소망 없는 불행 한트케·윤용호 옮김 노벨 문학상 수상 작가
66 나르치스와 골드문트 헤세·임홍배 옮김 노벨 문학상 수상 작가
67 황야의 이리 헤세·김누리 옮김 노벨 문학상 수상 작가
68 페테르부르크 이야기 고골·조주관 옮김
69 밤으로의 긴 여로 오닐·민승남 옮김 노벨 문학상 수상 작가 | 미국대학위원회 선정 SAT 추천도서
70 체호프 단편선 체호프·박현섭 옮김
71 버스 정류장 가오싱젠·오수경 옮김 노벨 문학상 수상 작가
72 구운몽 김만중·송성욱 옮김 서울대 권장도서 100선 | 국립중앙도서관 선정 청소년 권장도서
73 대머리 여가수 이오네스코·오세곤 옮김
74 이솝 우화집 이솝·유종호 옮김 논술 및 수능에 출제된 책(1998~2005)
75 위대한 개츠비 피츠제럴드·김욱동 옮김 《타임》 선정 현대 100대 영문소설
76 푸른 꽃 노발리스·김재혁 옮김
77 1984 오웰·정회성 옮김 《타임》 선정 현대 100대 영문소설 | 《뉴스위크》 선정 100대 명저
78·79 영혼의 집 아옌데·권미선 옮김
80 첫사랑 투르게네프·이항재 옮김
81 내가 죽어 누워 있을 때 포크너·김명주 옮김 노벨 문학상 수상 작가
82 런던 스케치 레싱·서숙 옮김 노벨 문학상 수상 작가
83 팡세 파스칼·이환 옮김
84 질투 로브그리예·박이문, 박희원 옮김
85·86 채털리 부인의 연인 로렌스·이인규 옮김
87 그 후 나쓰메 소세키·윤상인 옮김
88 오만과 편견 오스틴·윤지관, 전승희 옮김 미국대학위원회 선정 SAT 추천도서
89·90 부활 톨스토이·연진희 옮김 논술 및 수능에 출제된 책(1998~2005)
91 방드르디, 태평양의 끝 투르니에·김화영 옮김
92 미겔 스트리트 나이폴·이상옥 옮김 노벨 문학상 수상 작가
93 빼드로 빠라모 룰포·정창 옮김

94 차라투스트라는 이렇게 말했다 니체·장희창 옮김 국립중앙도서관 선정 청소년 권장도서
95·96 적과 흑 스탕달·이동렬 옮김 국립중앙도서관 선정 청소년 권장도서
97·98 콜레라 시대의 사랑 마르케스·송병선 옮김 노벨 문학상 수상 작가 | BBC 선정 꼭 읽어야 할 책
99 맥베스 셰익스피어·최종철 옮김 서울대 권장도서 100선 | 미국대학위원회 선정 SAT 추천도서
100 춘향전 작자 미상·송성욱 풀어 옮김 서울대 권장도서 100선
101 페르디두르케 곰브로비치·윤진 옮김
102 포르노그라피아 곰브로비치·임미경 옮김
103 인간 실격 다자이 오사무·김춘미 옮김
104 네루다의 우편배달부 스카르메타·우석균 옮김
105·106 이탈리아 기행 괴테·박찬기 외 옮김
107 나무 위의 남작 칼비노·이현경 옮김
108 달콤 쌉싸름한 초콜릿 에스키벨·권미선 옮김
109·110 제인 에어 C. 브론테·유종호 옮김 BBC 선정 꼭 읽어야 할 책
111 크눌프 헤세·이노은 옮김 노벨 문학상 수상 작가
112 시계태엽 오렌지 버지스·박시영 옮김 《타임》 선정 현대 100대 영문소설 | 《뉴스위크》 선정 100대 명저
113·114 파리의 노트르담 위고·정기수 옮김 미국대학위원회 선정 SAT 추천도서
115 새로운 인생 단테·박우수 옮김
116·117 로드 짐 콘래드·이상옥 옮김 《뉴스위크》 선정 100대 명저
118 폭풍의 언덕 E. 브론테·김종길 옮김 미국대학위원회 선정 SAT 추천도서
119 텔크테에서의 만남 그라스·안삼환 옮김 노벨 문학상 수상 작가
120 검찰관 고골·조주관 옮김
121 안개 우나무노·조민현 옮김
122 나사의 회전 제임스·최경도 옮김 미국대학위원회 선정 SAT 추천도서
123 피츠제럴드 단편선 1 피츠제럴드·김욱동 옮김
124 목화밭의 고독 속에서 콜테스·임수현 옮김
125 돼지꿈 황석영
126 라셀라스 존슨·이인규 옮김
127 리어 왕 셰익스피어·최종철 옮김 서울대 권장도서 100선 | 《뉴스위크》 선정 100대 명저
128·129 쿠오 바디스 시엔키에비츠·최성은 옮김 노벨 문학상 수상 작가
130 자기만의 방·3기니 울프·이미애 옮김
131 시르트의 바닷가 그라크·송진석 옮김
132 이성과 감성 오스틴·윤지관 옮김
133 바덴바덴에서의 여름 치프킨·이장욱 옮김
134 새로운 인생 파묵·이난아 옮김 노벨 문학상 수상 작가
135·136 무지개 로렌스·김정매 옮김
137 인생의 베일 서머싯 몸·황소연 옮김
138 보이지 않는 도시들 칼비노·이현경 옮김
139·140·141 연초 도매상 바스·이운경 옮김 《타임》 선정 현대 100대 영문소설
142·143 플로스 강의 물방앗간 엘리엇·한애경, 이봉지 옮김 미국대학위원회 선정 SAT 추천도서
144 연인 뒤라스·김인환 옮김
145·146 이름 없는 주드 하디·정종화 옮김
147 제49호 품목의 경매 핀천·김성곤 옮김 《타임》 선정 현대 100대 영문소설

148 **성역** 포크너 · 이진준 옮김 노벨 문학상 수상 작가 | 퓰리처상 수상 작가
149 **무진기행** 김승옥
150·151·152 **신곡(지옥편 · 연옥편 · 천국편)** 단테 · 박상진 옮김 《뉴스위크》 선정 100대 명저
153 **구덩이** 플라토노프 · 정보라 옮김
154·155·156 **카라마조프가의 형제들** 도스토옙스키 · 김연경 옮김
157 **지상의 양식** 지드 · 김화영 옮김 노벨 문학상 수상 작가
158 **밤의 군대들** 메일러 · 권택영 옮김 퓰리처상 수상 작가
159 **주홍 글자** 호손 · 김욱동 옮김 서울대 권장도서 100선 | 미국대학위원회 선정 SAT 추천도서
160 **깊은 강** 엔도 슈사쿠 · 유숙자 옮김
161 **욕망이라는 이름의 전차** 윌리엄스 · 김소임 옮김
162 **마사 퀘스트** 레싱 · 나영균 옮김 노벨 문학상 수상 작가
163·164 **운명의 딸** 아옌데 · 권미선 옮김
165 **모렐의 발명** 비오이 카사레스 · 송병선 옮김
166 **삼국유사** 일연 · 김원중 옮김 서울대 권장도서 100선
167 **풀잎은 노래한다** 레싱 · 이태동 옮김 노벨 문학상 수상 작가
168 **파리의 우울** 보들레르 · 윤영애 옮김
169 **포스트맨은 벨을 두 번 울린다** 케인 · 이만식 옮김
170 **썩은 잎** 마르케스 · 송병선 옮김 노벨 문학상 수상 작가
171 **모든 것이 산산이 부서지다** 아체베 · 조규형 옮김 《타임》 선정 현대 100대 영문소설 | 《뉴스위크》 선정 100대 명저
172 **한여름 밤의 꿈** 셰익스피어 · 최종철 옮김 미국대학위원회 선정 SAT 추천도서
173 **로미오와 줄리엣** 셰익스피어 · 최종철 옮김 미국대학위원회 선정 SAT 추천도서
174·175 **분노의 포도** 스타인벡 · 김승욱 옮김 노벨 문학상 수상 작가 | 《타임》 선정 현대 100대 영문소설
176·177 **괴테와의 대화** 에커만 · 장희창 옮김
178 **그물을 헤치고** 머독 · 유종호 옮김 《타임》 선정 현대 100대 영문소설
179 **브람스를 좋아하세요...** 사강 · 김남주 옮김
180 **카타리나 블룸의 잃어버린 명예** 하인리히 뵐 · 김연수 옮김 노벨 문학상 수상 작가
181·182 **에덴의 동쪽** 스타인벡 · 정회성 옮김 노벨 문학상 수상 작가
183 **순수의 시대** 워튼 · 송은주 옮김 《뉴스위크》 선정 100대 명저 | 퓰리처상 수상작
184 **도둑 일기** 주네 · 박형섭 옮김
185 **나자** 브르통 · 오생근 옮김
186·187 **캐치-22** 헬러 · 안정효 옮김 《타임》 선정 현대 100대 영문소설 | 《뉴스위크》 선정 100대 명저 | BBC 선정 꼭 읽어야 할 책
188 **숄로호프 단편선** 숄로호프 · 이항재 옮김 노벨 문학상 수상 작가
189 **말** 사르트르 · 정명환 옮김
190·191 **보이지 않는 인간** 엘리슨 · 조영환 옮김 《타임》 선정 현대 100대 영문소설 | 미국대학위원회 선정 SAT 추천도서 | 《뉴스위크》 선정 100대 명저
192 **왑샷 가문 연대기** 치버 · 김승욱 옮김 퓰리처상 수상 작가
193 **왑샷 가문 몰락기** 치버 · 김승욱 옮김 퓰리처상 수상 작가
194 **필립과 다른 사람들** 노터봄 · 지명숙 옮김
195·196 **하드리아누스 황제의 회상록** 유르스나르 · 곽광수 옮김
197·198 **소피의 선택** 스타이런 · 한정아 옮김 퓰리처상 수상 작가

199 **피츠제럴드 단편선 2** 피츠제럴드 · 한은경 옮김
200 **홍길동전** 허균 · 김탁환 옮김
201 **요술 부지깽이** 쿠버 · 양윤희 옮김
202 **북호텔** 다비 · 원윤수 옮김
203 **톰 소여의 모험** 트웨인 · 김욱동 옮김
204 **금오신화** 김시습 · 이지하 옮김
205·206 **테스** 하디 · 정종화 옮김 미국대학위원회 선정 SAT 추천도서 | BBC 선정 꼭 읽어야 할 책
207 **브루스터플레이스의 여자들** 네일러 · 이소영 옮김
208 **더 이상 평안은 없다** 아체베 · 이소영 옮김
209 **그레인지 코플랜드의 세 번째 인생** 워커 · 김시현 옮김 퓰리처상 수상 작가
210 **어느 시골 신부의 일기** 베르나노스 · 정영란 옮김
211 **타라스 불바** 고골 · 조주관 옮김
212·213 **위대한 유산** 디킨스 · 이인규 옮김 서울대 권장도서 100선 | BBC 선정 꼭 읽어야 할 책
214 **면도날** 서머싯 몸 · 안진환 옮김
215·216 **성채** 크로닌 · 이은정 옮김
217 **오이디푸스 왕** 소포클레스 · 강대진 옮김 서울대 권장도서 100선
218 **세일즈맨의 죽음** 밀러 · 강유나 옮김
219·220·221 **안나 카레니나** 톨스토이 · 연진희 옮김 서울대 권장도서 100선
222 **오스카 와일드 작품선** 와일드 · 정영목 옮김
223 **벨아미** 모파상 · 송덕호 옮김
224 **파스쿠알 두아르테 가족** 호세 셀라 · 정동섭 옮김 노벨 문학상 수상 작가
225 **시칠리아에서의 대화** 비토리니 · 김운찬 옮김
226·227 **길 위에서** 케루악 · 이만식 옮김 《타임》 선정 현대 100대 영문소설 | 《뉴스위크》 선정 100대 명저
228 **우리 시대의 영웅** 레르몬토프 · 오정미 옮김
229 **아우라** 푸엔테스 · 송상기 옮김
230 **클링조어의 마지막 여름** 헤세 · 황승환 옮김 노벨 문학상 수상 작가
231 **리스본의 겨울** 무뇨스 몰리나 · 나송주 옮김
232 **뻐꾸기 둥지 위로 날아간 새** 키지 · 정회성 옮김 《타임》 선정 현대 100대 영문소설 | 《뉴스위크》 선정 100대 명저
233 **페널티킥 앞에 선 골키퍼의 불안** 한트케 · 윤용호 옮김 노벨 문학상 수상 작가
234 **참을 수 없는 존재의 가벼움** 쿤데라 · 이재룡 옮김
235·236 **바다여, 바다여** 머독 · 최옥영 옮김
237 **한 줌의 먼지** 에벌린 워 · 안진환 옮김 《타임》 선정 현대 100대 영문소설
238 **뜨거운 양철 지붕 위의 고양이 · 유리 동물원** 윌리엄스 · 김소임 옮김 퓰리처상 수상작
239 **지하로부터의 수기** 도스토옙스키 · 김연경 옮김
240 **키메라** 바스 · 이운경 옮김
241 **반쪼가리 자작** 칼비노 · 이현경 옮김
242 **벌집** 호세 셀라 · 남진희 옮김 노벨 문학상 수상 작가
243 **불멸** 쿤데라 · 김병욱 옮김
244·245 **파우스트 박사** 토마스 만 · 임홍배, 박병덕 옮김 노벨 문학상 수상 작가
246 **사랑할 때와 죽을 때** 레마르크 · 장희창 옮김
247 **누가 버지니아 울프를 두려워하랴?** 올비 · 강유나 옮김

301·302·303·304·305 **레 미제라블** 위고 · 정기수 옮김
306 **관객모독** 한트케 · 윤용호 옮김 노벨 문학상 수상 작가
307 **더블린 사람들** 조이스 · 이종일 옮김
308 **에드거 앨런 포 단편선** 앨런 포 · 전승희 옮김 미국대학위원회 선정 SAT 추천도서
309 **보이체크 · 당통의 죽음** 뷔히너 · 홍성광 옮김
310 **노르웨이의 숲** 무라카미 하루키 · 양억관 옮김
311 **운명론자 자크와 그의 주인** 디드로 · 김희영 옮김
312·313 **헤밍웨이 단편선** 헤밍웨이 · 김욱동 옮김 노벨 문학상 수상 작가
314 **피라미드** 골딩 · 안지현 옮김 노벨 문학상 수상 작가
315 **닫힌 방 · 악마와 선한 신** 사르트르 · 지영래 옮김
316 **등대로** 울프 · 이미애 옮김 《타임》 선정 현대 100대 영문소설 | 《뉴스위크》 선정 100대 명저
317·318 **한국 희곡선** 송영 외 · 양승국 엮음
319 **여자의 일생** 모파상 · 이동렬 옮김
320 **의식** 노터봄 · 김영중 옮김
321 **육체의 악마** 라디게 · 원윤수 옮김
322·323 **감정 교육** 플로베르 · 지영화 옮김
324 **불타는 평원** 룰포 · 정창 옮김
325 **위대한 몬느** 알랭푸르니에 · 박영근 옮김
326 **라쇼몬** 아쿠타가와 류노스케 · 서은혜 옮김
327 **반바지 당나귀** 보스코 · 정영란 옮김
328 **정복자들** 말로 · 최윤주 옮김
329·330 **우리 동네 아이들** 마흐푸즈 · 배혜경 옮김 노벨 문학상 수상 작가
331·332 **개선문** 레마르크 · 장희창 옮김
333 **사바나의 개미 언덕** 아체베 · 이소영 옮김
334 **게걸음으로** 그라스 · 장희창 옮김 노벨 문학상 수상 작가
335 **코스모스** 곰브로비치 · 최성은 옮김
336 **좁은 문 · 전원교향곡 · 배덕자** 지드 · 동성식 옮김 노벨 문학상 수상 작가
337·338 **암 병동** 솔제니친 · 이영의 옮김 노벨 문학상 수상 작가
339 **피의 꽃잎들** 응구기 와 시옹오 · 왕은철 옮김
340 **운명** 케르테스 · 유진일 옮김 노벨 문학상 수상 작가
341·342 **벌거벗은 자와 죽은 자** 메일러 · 이운경 옮김 퓰리처상 수상 작가
343 **시지프 신화** 카뮈 · 김화영 옮김 노벨 문학상 수상 작가
344 **뇌우** 차오위 · 오수경 옮김
345 **모옌 중단편선** 모옌 · 심규호, 유소영 옮김 노벨 문학상 수상 작가
346 **일야서** 한사오궁 · 심규호, 유소영 옮김
347 **상속자들** 골딩 · 안지현 옮김 노벨 문학상 수상 작가
348 **설득** 오스틴 · 전승희 옮김
349 **히로시마 내 사랑** 뒤라스 · 방미경 옮김
350 **오 헨리 단편선** 오 헨리 · 김희용 옮김
351·352 **올리버 트위스트** 디킨스 · 이인규 옮김
353·354·355·356 **전쟁과 평화** 톨스토이 · 연진희 옮김
357 **다시 찾은 브라이즈헤드** 에벌린 워 · 백지민 옮김

358 아무도 대령에게 편지하지 않다 마르케스·송병선 옮김
359 사양 다자이 오사무·유숙자 옮김
360 좌절 케르테스·한경민 옮김 노벨 문학상 수상 작가
361·362 닥터 지바고 파스테르나크·김연경 옮김 노벨 문학상 수상 작가
363 노생거 사원 오스틴·윤지관 옮김
364 개구리 모옌·심규호, 유소영 옮김 노벨 문학상 수상 작가
365 마왕 투르니에·이원복 옮김 공쿠르상 수상 작가
366 맨스필드 파크 오스틴·김영희 옮김
367 이선 프롬 이디스 워튼·김욱동 옮김 퓰리처상 수상 작가
368 여름 이디스 워튼·김욱동 옮김 퓰리처상 수상 작가
369·370·371 나는 고백한다 자우메 카브레·권가람 옮김
372·373·374 태엽 감는 새 연대기 무라카미 하루키·김연경 옮김
375·376 대사들 제임스·정소영 옮김
377 족장의 가을 마르케스·송병선 옮김 노벨 문학상 수상 작가
378 핏빛 자오선 매카시·김시현 옮김
379 모두 다 예쁜 말들 매카시·김시현 옮김
380 국경을 넘어 매카시·김시현 옮김
381 평원의 도시들 매카시·김시현 옮김
382 만년 다자이 오사무·유숙자 옮김
383 반항하는 인간 카뮈·김화영 옮김 노벨 문학상 수상 작가
384·385·386 악령 도스토옙스키·김연경 옮김
387 태평양을 막는 제방 뒤라스·윤진 옮김
388 남아 있는 나날 가즈오 이시구로·송은경 옮김
389 앙리 브륄라르의 생애 스탕달·원윤수 옮김
390 찻집 라오서·오수경 옮김
391 태어나지 않은 아이를 위한 기도 케르테스·이상동 옮김 노벨 문학상 수상 작가
392·393 서머싯 몸 단편선 서머싯 몸·황소연 옮김
394 케이크와 맥주 서머싯 몸·황소연 옮김
395 월든 소로·정회성 옮김
396 모래 사나이 E. T. A. 호프만·신동화 옮김
397·398 검은 책 오르한 파묵·이난아 옮김 노벨 문학상 수상 작가
399 방랑자들 올가 토카르추크·최성은 옮김 노벨 문학상 수상 작가
400 시여, 침을 뱉어라 김수영·이영준 엮음
401·402 환락의 집 이디스 워튼·전승희 옮김
403 달려라 메로스 다자이 오사무·유숙자 옮김
404 아버지와 자식 투르게네프·연진희 옮김
405 청부 살인자의 성모 바예호·송병선 옮김
406 세피아빛 초상 아옌데·조영실 옮김
407·408·409·410 사기 열전 사마천·김원중 옮김 서울대 권장도서 100선
411 이상 시 전집 이상·권영민 책임 편집
412 어둠 속의 사건 발자크·이동렬 옮김
413 태평천하 채만식·권영민 책임 편집
414·415 노스트로모 콘래드·이미애 옮김
416·417 제르미날 졸라·강충권 옮김

세계문학전집은 계속 간행됩니다.